C. COLLODI

LE

AVVENTURE DI PINOCCHIO

STPROA DI UN BURATTINO

ILLUSTRATA DA E. MAZZANTI

FIRENZE

FELICE PAGGI LIBRAIO-EDITORE

VIA DEL PROCONSOLO

1883

피노키오

PINOCCHIO

카를로 콜로디 지음 | 엔리코 마잔티 그림 | 이시연 옮김

더스토리

차례

1장

목수인 칠리에지아* 할아버지는
가다가 어린아이처럼 울다가 웃다가 하는
나무토막을 발견합니다.

"옛날 옛날에……"

"한 왕이 있었어요!"라고 나의 어린이 독자들은 냉큼 말할 것입니다.

아니요, 어린이 여러분, 여러분이 틀렸어요. 옛날 옛날에, 한 나무토막이 있었답니다. 값비싼 나무토막이 아니라 단순한 땔감용 나무토막이었습니다. 겨울에 불을 켜고 방들을 따뜻하게 하려고 난로와 벽난로에 넣는, 그런 나무토막 말입니다. 어떻게 일어난 일인지 모르겠지만, 어느 화창한 날 이 나무토막은 늙은 목수 할아버지의 가게에 오게 되었습니다. 그 할아버지의 이름은 안토니오였습니다. 그런데 모든 사람들은 그분을 칠리에지아 할

* 칠리에지아(ciliegia)는 이태리어로 체리 혹은 버찌.

아버지라고 불렀지요. 왜냐면 할아버지의 코끝이 잘 익은 칠리에지아처럼 반질반질하고 빨갛기 때문이었습니다. 칠리에지아 할아버지는 그 나무토막을 보자마자 무척 기뻐했습니다. 그리고 만족하여 두 손을 비비면서 낮은 목소리로 중얼거렸습니다.

"때마침 이 나무가 있었구나, 탁자 다리를 만들어서 써야겠군."

그리고 나무의 두꺼운 껍질을 벗기고 다듬으려고 잘 갈아진 도끼를 집어 들었습니다. 그러나 처음으로 도끼를 내리치려는 찰나, 팔이 그만 공중에 멈추고 말았습니다. 가느다랗고 가느다란, 여린 목소리가 들렸기 때문입니다. 그 여린 목소리는 이렇게 애원했습니다.

"나를 너무 세게 때리지 마세요!"

그 마음 착한 늙은 칠리에지아 할아버지가 어땠을지 상상해 보세요! 할아버지는 눈을 휘둥그렇게 뜨고 그 여린 목소리가 어디서 들리는지 보기 위해 방 주변을 살폈습니다. 그러나 아무도 보이지 않았습니다! 작업대 아래를 보았으나 아무도 없었고, 항상 닫혀져 있던 옷장 안도 보았지만 아무도 없었습니다. 대팻밥과 톱밥을 모아 놓는 바구니를 보았지만 아무도 없었습니다. 가게 문을 열고 나가 길거리를 역시 한번 훑어 보았지만 역시 아무도 없었습니다!

"이제야 알겠군."

할아버지는 이렇게 말하고 웃으면서 가발을 긁적거렸습니다.

"그 목소리는 나의 상상에서 나온 모양이군. 그럼 다시 일을 시작해 볼까!"

할아버지는 손에 다시 도끼를 들고 나무토막을 힘차게 아래로 내리쳤습니다.

"아야! 아퍼요, 아프단 말예요!"

여린 목소리가 울며 소리쳤습니다. 이번엔 칠리에지아 할아버지가 조각상처럼 굳어 버렸습니다. 무서워서 두 눈이 얼굴에서 튀어나오고 입은 떡 하니 벌어지고 혀는 턱 아래까지 축 늘어졌습니다. 마치 분수대에 새겨진 이상한 얼굴의 조각상처럼 말입니다. 말을 다시 할 수 있게 되자 그는 공포에 떨면서 더듬더듬 말하기 시작했습니다.

"아야……? 도대체 어디서 이 여린 목소리가 나오는 걸까? 여기엔 살아 있는 것이라곤 아무것도 없는데. 설마 이 나무토막이 어린아이처럼 울고 칭얼거리는 것을 배웠다고? 믿을 수 없어. 여기 이 나무들을 봐, 다른 것들과 마찬가지로 완두콩이 든 냄비를 끓이기 위해 불에 던져질 땔감용 나무토막이잖아…… 그렇다면? 이건 누군가 여기에 숨어있단 증거야! 만약에 누군가 여기 숨었다면 그 녀석에겐 안된 일이지. 내가 본때를 보여주마!"

이렇게 말하면서 두 손으로 그 불쌍한 나무토막을 움켜잡고 방 벽에 인정사정없이 온 힘을 다해 집어던졌습니다. 그리고 칭얼거리는 어떤 목소리가 혹시 또 있는지 듣기 위해서 귀를 기울였습니다. 2분을 기다렸지만 아무 소리도 없었습니다. 5분을 기다려도 마찬가지였습니다. 10분을 기다렸는데도 조용했습니다.

"이제야 알겠군."

할아버지는 억지로 웃으면서 가발을 긁적이며 말했습니다.

"'아야'라고 말한 목소리는 역시 내 상상이었군! 다시 일을 시작해볼까!"

그러나 너무 무서웠던 탓에 조금 용기를 내려고 노래를 흥얼거리며 일단 도끼를 한쪽에 내려놓고 나무토막을 깨끗이 손질하려고 대패를 들었습니다. 그러나 위에서 아래로 대패질을 하려고 하는데, 아까 그 여린 목소리가 까르르 웃으며 말하는 것이 들렸습니다!

"그만하세요! 간지럽잖아요!"

불쌍한 칠리에지아 할아버지는 이번엔 벼락 맞은 듯이 뒤로 벌러덩 넘어졌습니다. 그리고 다시 눈을 떴을 때는 바닥에 털썩 앉아 있었습니다. 겁에 질려 매일같이 항상 빨갛던 코끝까지 새파랗게 되어 버려, 할아버지의 얼굴이 이상하게 변한 것 같았습니다.

2장

칠리에지아 할아버지는 친구 제페토 할아버지에게
나무토막을 선물합니다. 제페토 할아버지는 춤추고 칼싸움도 하며
공중제비도 할 줄 아는 놀라운 꼭두각시 인형을 만들기 위해
나무토막을 가져갑니다.

그때 누군가 문을 두드렸습니다.

"들어오세요……."

할아버지는 다시 일어날 기운도 없이 말했습니다. 그러자 어떤 할아버지가 쾌활하게 가게로 들어왔습니다. 그 할아버지의 이름은 제페토였습니다. 하지만 동네 아이들은 할아버지의 화를 돋우려고 옥수수죽이라 부르며 할아버지를 놀려대곤 했습니다. 그건 할아버지의 가발이 옥수수 가루로 만든 죽과 아주 비슷했기 때문이었습니다. 제페토 할아버지는 아주 변덕스러워서 만약 누가 할아버지를 옥수수죽이라 부르면 난리가 났습니다! 순식간에 사나운 짐승으로 변해서, 진정시킬 어떤 방법도 없었습니다.

"안녕하신가, 안토니오 선생!"

제페토 할아버지가 말했습니다.

"근데, 바닥에서 뭘 하고 있는가?"

"개미들에게 산수를 가르치고 있네."

"잘 해보시게!"

"어떻게 온 건가, 제페토?"

"두 다리로 걸어서 왔지. 이보게 안토니오, 사실 내가 온 것은 부탁이 있어서야."

"자, 말해보게나 어서. 들어줄 준비가 되어 있네."

목수 할아버지는 무릎을 딛고 일어나며 대답했습니다.

"오늘 아침에 내 머릿속에 좋은 생각 하나가 떠올랐다네."

"무슨 생각?"

"내가 나무로 멋진 꼭두각시 인형을 만들어야겠다는 생각을 했네. 춤도 추고 칼싸움도 하고 공중제비도 돌 줄 아는 놀라운 꼭두각시 인형 말일세. 이 꼭두각시 인형을 가지고 세계를 돌아다니며 빵 한 조각과 포도주 한 잔을 벌고 싶네. 자네 생각은 어떤가?"

"훌륭합니다, 옥수수죽!"

어디서 들려오는지 알 수 없는 아까 그 여린 목소리가 소리쳤습니다. 옥수수죽이라는 소리에 제페토 할아버지는 얼굴이 고추처럼 새빨갛게 되어 버럭 화를 냈습니다. 그리고 목수 할아버지에게 성난 목소리로 말했습니다.

"왜 내게 시비를 거는 건가?"

"누가 시비를 걸었다는 건가?"

"내게 옥수수죽이라고 말했잖아!"

"내가 한 게 아닐세."

"그럼 내가 그랬단 말인가! 자네가 그랬잖아!"

"아닐세!"

"맞구만!"

"아니라니까!"

"맞다니까!"

점점 더 목소리가 커지더니 결국 말싸움이 몸싸움이 되고야 말았습니다. 서로 머리채를 움켜쥐고 할퀴고 물어뜯고 치고받고 난리가 났지요. 싸움이 끝나자 안토니오 할아버지의 손에는 제

페토 할아버지의 노란 가발이 들려 있었고 제페토 할아버지의 입에는 목수 할아버지의 희끗희끗한 가발이 물려 있었습니다.

"내 가발 주게나!"

안토니오 할아버지가 소리쳤습니다.

"그럼 자네도 내 가발 주시게, 그리고 그만 화해하지."

이 두 할아버지들은 각각 자신들의 가발을 돌려받은 후에 서로 악수하며 평생 좋은 친구로 남기로 맹세했습니다.

"어쨌든, 제페토,"

목수 할아버지가 화해했다는 표시로 말했습니다.

"그래서 내게 부탁하려는 것이 뭔가?"

"내 꼭두각시 인형을 만들 수 있는 나무 조금을 원하네만, 좀 줄 수 있나?"

안토니오 할아버지는 매우 기뻐하며 바로 가서 할아버지를 두려움에 떨게 한 바로 그 나무토막을 작업대에서 가져왔습니다. 그런데 그것을 친구에게 주려고 하는 찰나, 나무토막은 부르르 떨더니 안토니오 할아버지 손에서 쑥 빠져 나와 불쌍한 제페토 할아버지의 깡마른 정강이를 탁! 하고 힘껏 후려쳤습니다.

"아야! 안토니오 선생, 자네 꼭 이렇게 예의 바르게 선물을 주나? 자네가 날 절름발이 만들 뻔했어……!"

"맹세하네, 내가 한 게 아닐세!"

"그럼 내가 했단 말인가!"

"모두 이 나무 탓일세……."

"나무 탓이라는 건 나도 아네. 그런데 그걸 내 다리에 던진 건 자네야!"

"난 자네에게 던지지 않았다고!"

"거짓말 마!"

"제페토, 나를 화나게 하지 말게나, 안 그러면 자넬 옥수수죽이라고 부를 테니!"

"멍청이!"

"옥수수죽!"

"얼간이!"

"옥수수죽!"

"바보!"

"옥수수죽!"

세 번째로 옥수수죽이라는 말을 듣자 제페토 할아버지는 자제력을 잃고 목수 할아버지에게로 달려들었습니다. 그리고 서로 욕을 하며 또 치고받고 싸웠습니다. 난투극이 끝나자 안토니오 할아버지는 콧잔등에 할퀸 상처가 두 개나 생겼고 제페토 할아버지의 웃옷 단추 두 개는 떨어져 버리고 없었습니다. 그렇게 할아버지들의 싸움은 무승부로 끝나고 둘은 서로 악수하며 평생 좋은 친구로 남기

로 맹세했습니다. 결국 제페토 할아버지는 좋은 나무토막을 선물 받고는 안토니오 할아버지에게 고맙다고 한 뒤 절뚝거리며 집으로 돌아갔지요.

3장

집으로 돌아온 제페토 할아버지는 바로 꼭두각시 인형을
만들기 시작합니다. 그리고 피노키오라는 이름을 지어줍니다.
첫 말썽쟁이 꼭두각시 인형입니다.

제페토 할아버지의 집은 층계 아래로 빛이 들어오는 작은 지하 방이었습니다. 가구는 단순하기 그지없었습니다. 낡은 의자 하나, 허름한 침대 그리고 거의 다 부서진 작은 탁자만 있었습니다. 방 안쪽 벽에는 불이 타오르는 벽난로가 보였지만 사실 불은 그려진 것이었고 불 위에는 보글보글 끓으면서 연기를 밖으로 뿜어내는 냄비가 그려져 있었습니다. 마치 진짜 연기 같았지요. 집에 들어가자마자 제페토 할아버지는 곧바로 연장을 들고 나무토막을 깎아 꼭두각시 인형을 만들었습니다.

"무슨 이름을 지어줄까?"

제페토 할아버지가 혼자서 중얼거렸습니다.

"녀석의 이름을 피노키오라고 불러야겠군. 이 이름은 행운을 가져다줄 거야. 예전에 피노키오 가족을 알고 지냈었지. 아빠는 피노키오, 엄마는 피노키아, 아이들은 모두 피노키오였어. 모두 잘 지냈지. 그들 중 제일 형편이 좋았던 피노키오가 구걸을 하고 다녔었지만 말이야."

일단 꼭두각시의 이름을 붙여 주고, 제페토 할아버지는 열심히 일을 하기 시작했습니다. 금방 머리도 만들어주고 이마와 눈도 만들어 주었습니다. 여러분, 상상해보세요. 피노키오에게 눈을 만들어주자, 눈이 움직이며 할아버지를 빤히 쳐다보고 있다는 것을 알아차렸을 때 할아버지가 얼마나 놀랐을지 말이에요. 제페토 할아버지는 나무토막의 두 눈이 자기를 빤히 쳐다보자 기분이 나빠졌습니다. 그래서 성난 목소리로 말했습니다.

"이 험상궂은 나무 눈아, 왜 나를 그렇게 보는 거야?"

대답은 없었습니다. 할아버지는 다시 코를 만들었습니다. 그런데 코를 만들자마자 코가 자라기 시작했습니다. 길어지고, 길어지고, 또 길어져서 순식간에 끝도 없이 긴 코가 되어버렸습니다. 불쌍한 제페토 할아버지는 힘들게 코를 잘라주었지만 자르고 자를수록 그 건방진 코는 점점 더 길어지기만 했습니다. 어찌어찌 코를 만들어 준 후에 입을 만들어주는데, 다 만들기도 전에 입은 깔깔 웃으며 할아버지를 놀려대기 시작했습니다.

"그만 웃어!"

제페토 할아버지가 화를 내며 말했습니다. 그러나 마치 벽에 대고 말하는 것 같았습니다.

"다시 한번 말하는데, 그만 웃으라고!"

제페토 할아버지가 위협적인 목소리로 소리쳤습니다. 그러자 입은 웃는 것을 멈추기는 했지만, 대신 혀를 낼름 내미는 것이었습니다. 제페토 할아버지는 하던 일을 망치지 않으려고 못 본 척하며 일을 계속했습니다. 입을 만든 다음엔, 턱을 만들었고 목을 어깨를, 배를, 팔과 손을 만들었습니다. 손을 다 만들자마자 제페토 할아버지는 누군가가 자신의 머리에서 가발을 벗겨 가는 것을 느꼈습니다. 위로 고개를 들었을 때, 무엇을 보았을까요? 할아버지의 노란색 가발이 꼭두각시 인형의 손에 들려 있는 광경이 보였습니다.

"이 녀석, 피노키오! 당장 내 가발 내놔!"

그러나 피노키오는 가발을 돌려주기는커녕, 그것을 자기 머리에 뒤집어썼습니다. 그래서 얼굴이 반쯤 가발에 파묻혀 있었습니다. 피노키오가 버르장머리 없이 놀려대는 행동을 하자, 제페토 할아버지는 너무 속이 상했습니다. 사는 동안 이렇게 슬프고 서러웠던 적은 없었습니다. 그는 피노키오를 향해 몸을 돌리며 말했습니다.

"이 말썽꾸러기 녀석 같으니라고! 아직 다 만들지도 않았는데, 벌써부터 아빠한테 버릇없이 대하는구나! 못써, 이 녀석! 그러면 못써!"

그리고 제페토 할아버지는 눈물을 닦았습니다. 속이 많이 상했지만 아직도 만들어야 할 다리와 발이 남아있었습니다. 제페토 할아버지가 발을 다 만들어 주자 피노키오는 할아버지의 코끝에 발길질을 했습니다.

"다 내 잘못이야!"

할아버지는 혼자 중얼거렸습니다.

"처음부터 신중하게 생각했어야 했는데…… 이젠 늦어버렸어!"

그리고 꼭두각시 인형을 팔 아래에 끼고 그를 걷게 하려고 방바닥에 내려놓았습니다.

인형인 피노키오는 다리에 감각이 없었고 움직일 줄 몰랐기에 제페토 할아버지는 피노키오의 손을 잡고 한걸음 한걸음씩 걷는 법을 가르쳐주었습니다. 피노키오는 곧 혼자서 걷기 시작하더니 어느새 방을 휘젓고 다녔습니다. 그러다가 집의 문이 살짝 열린 틈으로 빠져나가 길거리로 뛰어나가더니 어디론가 도망쳐 버렸습니다.

불쌍한 제페토 할아버지는 그 뒤를 쫓아 뛰었지만 그를 잡을

수가 없었습니다. 개구쟁이 피노키오가 마치 산토끼처럼 껑충껑충 뛰었기 때문입니다. 나무로 된 발이 포장된 길을 뛰어다니자, 마치 사람들이 나막신 스무 켤레를 신고 뛰는 것처럼 요란한 소리가 났습니다.

"저 녀석을 잡아줘요, 저 녀석 좀 잡아줘요!"

제페토 할아버지는 소리를 질렀습니다. 그러나 길에 있던 사람들은 경주마가 달리는 것처럼 달리는 이 나무로 된 꼭두각시 인형을 멍하니 바라보며 멈춰 서 있었습니다. 그러다 상상치도 못할 모습에 눈물이 날 정도로 웃고, 웃고 또 웃었습니다.

결국, 다행히도 경찰관이 나타났습니다. 경찰관은 이 모든 시끄러운 소리를 듣고서는 노새 한 마리가 주인의 손에서 풀려났다고 생각했습니다. 그래서 길의 한가운데서 다리를 벌리고는 용감하게 서 있었습니다. 그는 노새를 잡아서 더 큰 소란이 일어나는 것을 막아야 한다고 생각했지요.

피노키오는 멀리서 길을 막고 있는 경찰관을 보고서는 경찰관 다리 사이로 쏙 빠져나가려 했지만 실패하고 말았습니다. 꿈쩍도 하지 않았던 경찰관은 피노키오의 코를 움켜 잡았습니다.

(잡으라고 일부러 만들어 놓은 것처럼 긴 코였습니다.) 그리고 제페토 할아버지의 손에 넘겨주었습니다. 할아버지는 버릇을 고치려고 바로 피노키오의 귀를 잡아 당기려 했습니다. 그런데 잡아 당길 귀를 찾으려 했지만 찾을 수 없었을 때 제페토 할아버지가 얼마나 놀랐을지 상상해보세요. 그리고 여러분, 왜 귀를 찾을 수 없었는지 아세요? 이유는 제페토 할아버지가 피노키오를 서둘러 만들다가 귀 만드는 것을 깜박 잊은 것이었습니다. 그래서 제페토 할아버지는 피노키오의 목덜미를 덥석 잡고 집으로 돌아가면서, 머리를 세차게 절레절레 저으며 말했습니다.

"집에 가자. 집에 돌아가서 우리 한번 따져 보자꾸나!"

이렇게 겁을 주자, 피노키오는 바닥에 엎어져서 더 이상 걷지 않으려 했습니다. 그러자 눈깜짝할 사이에 호기심에 찬 사람들과 할 일 없는 사람들이 주위로 모여들기 시작했습니다. 그리고 저마다 한마디씩 던지기 시작했습니다.

"불쌍한 꼭두각시 인형!"

어떤 사람들은 이렇게 말했습니다.

"집에 돌아가기 싫은 게 당연하지! 제페토 영감이 얼마나 녀석을 때렸을지 누가 알겠어!"

그러자 또 다른 사람들도 심술궂게 덧붙여 말했습니다.

"저 제페토 영감, 선량한 사람인 줄 알았는데 아이들에게는 폭군이군! 저 불쌍한 꼭두각시 인형을 제페토 영감 손에 놓아둔다면 산산조각을 내고도 남을 사람이야!"

얼마나 말도 많고 참견도 많았는지 경찰관은 피노키오를 놓아주고 불쌍한 제페토 할아버지를 감옥으로 끌고 갔습니다. 제페토 할아버지는 거기서 아무 말도 못하고 그저 송아지처럼 울기만 했습니다. 그리고 결국 감옥에 질질 끌려가면서 울먹이며 더듬더듬 말했습니다.

"못된 녀석 같으니라구! 꼭두각시를 만들어서 편히 잘 살 거라 생각했는데! 이런 곤욕을 당하게 될 줄이야! 이런 일을 미리 생각했었어야 했는데!"

그 뒤에 일어나는 일들은 도저히 믿을 수 없는 이야기입니다. 다음 이야기들을 들려줄게요.

4장

피노키오와 말하는 귀뚜라미의 이야기,
불량한 아이들이 자기보다 많이 안다고 훈계하는
어른들을 얼마나 짜증스러워 하는지를 보여줍니다.

자, 어린이 여러분, 이야기를 계속할게요. 불쌍한 제페토 할아버지가 아무 잘못도 없이 감옥에 끌려가고 있는 동안 경찰관 손에서 자유롭게 풀려난 말썽꾸러기 피노키오는 집으로 더 빨리 돌아가려고 들판을 가로질러 달아났습니다. 부리나케 달려가며 아주 높은 낭떠러지와 가시울타리, 물로 가득 찬 웅덩이를 건너뛰었습니다. 마치 사냥꾼에게 쫓기는 새끼 산양이나 새끼 산토끼와 같았습니다. 집에 다다르니, 길 쪽으로 난 문이 반쯤 열려 있었습니다. 피노키오는 문을 밀었고 집 안으로 들어갔지요. 그리고 빗장을 단단히 잠그고 나서 바닥에 털썩 주저앉았습니다. 안도의 한숨을 길게 내쉬었지만 그 만족감은 그리 오래 가지 못했습니다. 왜냐하면 방 안에서 누군가 움직이는 소리를 들었기 때문이었습니다.

"귀뚤 귀뚤 귀뚤!"

"누가 나를 불렀지?"

피노키오는 겁에 질려 말했습니다.

"나야!"

피노키오는 몸을 돌렸고 벽 위로 천천히 올라가는 커다란 귀뚜라미를 보았습니다.

"말해봐, 귀뚜라미. 넌 누구야?"

"나는 말하는 귀뚜라미, 이 방에서 백 년 넘게 살고 있지."

꼭두각시 인형은 말했습니다.

"그러나 오늘부터 이 방은 내 꺼야. 날 기쁘게 해주고 싶다면 뒤도 돌아보지 말고 당장 나가."

그러자 귀뚜라미는 대답했습니다.

"내가 네게 커다란 진실을 말해 주기 전까지는 여기서 나가지 않을 거야."

"말해봐, 그리고 빨리 사라져."

"자기 부모에게 반항하고 제멋대로 아버지의 집을 떠난 아이들은 주의해야 해! 이런 행동들을 하면 이 세상에서 잘 될 수 없어. 언젠간 쓰디쓴 후회를 하게 될 거야."

"네가 원하는 대로 맘대로 계속 지껄여 봐, 귀뚜라미 녀석아. 하지만 난 내일 동틀녘에 여기서 나갈 거야. 왜냐면 여기에 남을 경우 다른 아이들에게 일어나는 일들이 내게도 일어날 테니까.

아빠는 나를 학교에 보낼 것이고 원하든 원치 않든 난 공부를 하게 되겠지. 널 믿고 솔직히 말하는데 난 공부할 맘은 눈곱만치도 없어. 그리고 나비 뒤를 쫓으며 뛰어다니고 둥지에 있는 아기새를 잡으러 나무 위에 올라가는 게 더 재미있어."

"불쌍하고 어리석은 녀석! 그렇게 한다면 넌 커서 바보 멍청이가 될 거고 그러면 모두 널 놀릴 거라는 걸 정말 모르는 거야?"

"입 좀 다물어, 재수 없는 귀뚜라미 놈아!"

피노키오는 소리쳤습니다. 그러나 귀뚜라미는 참을성이 있고 생각이 깊었기에 이 버르장머리 없는 말에 화를 내지 않고 똑같이 차분한 어조로 계속해서 말했습니다.

"네가 학교에 가기 싫다면 왜 기술이라도 배우지 않는 거야? 빵 한 조각이라도 정직하게 살 수 있는 기술 말이야."

"내가 정말 그걸 말해 주길 원하는 거야?"

참을성을 잃어 가기 시작한 피노키오는 대답했습니다.

"이 세상의 모든 기술 중에 내게 딱 맞는 것은 정말 딱 하나 있거든?"

"그게 뭔데?"

"먹고 마시고 자고 즐기며 아침부터 저녁까지 여기저기 돌아다니는 거!"

말하는 귀뚜라미는 여전히 침착하게 말했습니다.

"경고하는데, 그런 기술을 가진 모든 사람들은 병원이나 감옥소에서 생을 마감하지."

"재수 없는 귀뚜라미는 좀 꺼져! 그렇게 계속 화를 돋우면 가만 안 둘 거야!

"불쌍한 피노키오! 너 정말 가엾은 애구나!"

"왜 내가 가여워?"

"왜냐면 넌 꼭두각시 인형인데다, 더 나쁜 건, 나무 머리를 가졌으니까."

이 말을 듣고, 피노키오는 불같이 화가 나 펄쩍 뛰며 작업대에 있는 망치를 집어 들고 말하는 귀뚜라미에게 세게 던졌습니다. 아마 사실 귀뚜라미를 때릴 생각은 없었을 거예요. 그러나 불행히도 망치는 귀뚜라미의 머리에 정통으로 맞았고, 불쌍한 귀뚜라미는 귀뚤 귀뚤 하며 가쁜 숨을 내쉬더니 뻣뻣하게 굳은 채 벽에 달라붙어 죽어버리고 말았습니다.

5장

피노키오는 배가 고파서 달걀 프라이를 하려고 달걀을 찾습니다.
그런데 달걀 프라이가 창문으로 날아가 버립니다.

깜깜한 밤이 되었습니다. 피노키오는 아무것도 먹은 게 없다는 것을 알았을 때 배에서 꼬르륵 하는 소리를 들었습니다. 이것은 뭔가를 먹고 싶을 때 느끼는 것과 아주 비슷했습니다. 그러나 아이들의 식욕이 금세 도는 것처럼 몇 분 뒤, 피노키오의 식욕은 배고픔이 되었습니다. 눈깜짝할 사이에 배고픔은 늑대의 굶주림으로 바뀌었고 자기 배를 칼로 잘라 먹고 싶을 만큼의 엄청난 고통으로 바뀌었습니다.

불쌍한 피노키오는 보글보글 끓는 냄비가 있는 벽난로로 냉큼 달려갔습니다. 그리고 무엇이 들어 있는지 뚜껑을 열어 보려고 했지만 냄비는 벽에 그려진 그림일 뿐이었습니다. 피노키오의 기분이 어땠을지 상상해 보세요. 이미 길어졌던 피노키오의 코는 적어도 네 손가락만큼 더 길어졌습니다.

피노키오는 방을 뛰어다니며 빵 한 조각이라도 찾으려고 모든 서랍, 모든 저장고들을 뒤졌습니다. 하다못해 말라 버린 빵조각, 빵 껍질, 개밥으로 남겨진 뼈, 곰팡이 난 조금의 옥수수죽, 생선가시, 체리의 씨, 한마디로 말해 씹을 수 있는 뭔가를 찾을 수 있지 않을까 했지요. 그러나 아무것도 찾지 못했습니다, 아무것도, 정말 아무것도 없었습니다.

배고픔은 점점 커지고 더 커졌습니다. 불쌍한 피노키오는 하품하는 것 말고는 달리 할 게 없었습니다. 몇 번씩이나 입이 찢어지도록, 그렇게 늘어지게 하품을 했습니다. 그렇게 하품을 한 후, 침을 뱉고 배에서 신물이 넘어오는 것을 느꼈지요. 그는 울며 소리쳤습니다.

"말하는 귀뚜라미가 옳았어. 아빠 말을 듣지 않고 집에서 도망친 내가 잘못했어. 아빠가 여기 계셨더라면 지금 난 죽도록 하품만 하며 있지는 않을 거야! 아! 배고픔은 정말 나쁜 병이야!"

그때 산처럼 쌓인 쓰레기에서 하얗고 동그란 무언가를 본 것 같았습니다. 마치 어린 암탉의 달걀 같았습니다. 피노키오는 냅다 뛰어올라 한 곳을 덮쳤습니다. 그건 정말로 달걀이었습니다. 꼭두각시의 기쁨은 말로 표현할 수가 없었습니다. 마치 꿈을 꾸고 있는 것 같았습니다. 두 손으로 달걀을 이리저리 굴려 보고 만져 보고 입맞춤도 했습니다. 피노키오는 달걀에 입을 맞추며 중얼거렸습니다.

"자, 어떻게 이걸 요리하지? 달걀 프라이를 할까? 아니, 접시에 놓고 익힐까? 아니면 팬에 넣고 튀기는 것이 더 맛있을까? 아니면 끓는 물에 달걀을 삶아 먹을까? 아니야, 가장 빠른 방법은 냄비에 넣고 익히는 거야. 아, 정말 빨리 먹고 싶어!"

이렇게 말하고 나서 피노키오는 숯불이 활활 타고 있는 화덕 위에 냄비를 올려 놓았습니다. 그리고 기름이나 버터 대신 물을 조금 넣었습니다. 물에서 김이 나기 시작하자, 탁! 하고 달걀 껍질을 깨고 냄비 안에 담으려 했습니다.

그런데 달걀에서 흰자와 노른자 대신에, 명랑하고 귀여운 병아리 한 마리가 밖으로 뛰쳐나왔습니다. 그러고선 공손하게 인사하며 말했습니다.

"정말로, 정말로 고마워요. 피노키오님. 껍질을 깨고 나오는 수고를 덜어주셨습니다. 안녕히 계세요. 잘 지내시고 가족들에

게도 안부를 전해 주세요!"

그렇게 말하고 날개를 활짝 펴더니 열린 창문 사이로 빠져 나가 눈으로 볼 수 없을 만큼 하늘 높이 날아갔습니다. 불쌍한 꼭두각시 인형은 날아가는 병아리를 쳐다보며 입을 헤 벌리고 달걀 껍질을 손에 쥔 채 멍하니 서 있었습니다. 그리고 그 상태에서 깨어나자 소리를 지르고, 발을 동동 구르며 울었습니다.

"역시 말하는 귀뚜라미가 옳았어! 집에서 도망쳐 나오지 않았다면, 아빠가 여기에 계셨다면 지금 난 죽도록 배가 고프지 않았을 거야! 배고픔은 정말 나쁜 병이야!"

피노키오의 배에서는 전에 들어본 적도 없는 꼬르륵 소리가 더욱 크게 났습니다. 그러나 피노키오는 그 소리를 멈추게 하는 방법을 몰랐습니다. 그는 집 밖으로 나가 이웃 마을에 갔다 오려는 생각을 했습니다. 자신에게 빵조각이라도 나눠 줄 착한 사람을 찾을 수 있을 것이라는 희망을 갖고 말이죠.

6장

피노키오는 발을 따뜻하게 하면서 잠듭니다.
다음날 아침 눈을 떠보니 발이 다 타버렸습니다.

그날은 지옥과 같이 험악한 밤이었습니다. 세게, 더욱 세게 천둥소리가 나고 마치 하늘에서 불이 난 것처럼 번쩍번쩍 번개가 쳤습니다. 차갑고 거센 바람은 휘이이 휘이이 대지를 휩쓸면서 수많은 먼지 구름을 일으켰으며, 들판에 있는 모든 나무들을 뒤흔들며 빠각거리게 했습니다.

피노키오는 천둥 번개가 너무나도 무서웠습니다. 하지만 배고픔이 무서움보다 더 컸기에 피노키오는 현관문으로 나와서 전속력으로 달렸습니다. 이웃마을까지 백 여 걸음 만에 도착했지요. 마치 사냥개처럼 혀를 입 밖으로 내밀고 헥헥거리며 말입니다.

그러나 마을은 어두웠고 사막처럼 아무도 없었습니다. 가게들은 닫혀 있었고 집들의 문들도, 창문들도 닫혀 있었습니다. 그리고 길거리에는 개 한 마리조차 없었고요. 죽은 사람들의 마을 같았습니다.

피노키오는 실망감과 배고픔에 젖어 한 집 대문에 달라붙어 계속 초인종을 누르기 시작했습니다. 속으로 '누군가는 나오겠지' 라고 기대하면서 말입니다.

이 때 머리에 취침용 모자를 쓴 할아버지가 나와 화가 난 목소리로 소리쳤습니다.

"이 시간에 도대체 뭐하는 거야?"

"제게 빵을 좀 주실 수 있으세요?"

"기다려 봐라, 가져올 테니."

할아버지는 대답했습니다. 그러고선 피노키오가 밤에 집집마다 돌며 초인종을 누르고 도망쳐서 조용하게 잠자는 선량한 사람들을 괴롭히는 못된 말썽꾸러기라 생각하고, 혼을 내줘야겠다고 결심했습니다.

삼십 분쯤 뒤에 창문을 다시 열고, 할아버지는 피노키오에게 소리쳤습니다.

"아래로 와서 모자를 내밀어

라!"

피노키오는 모자를 냉큼 벗었습니다. 그러나 모자를 내밀자 폭포처럼 엄청난 물벼락이 쏟아졌습니다. 마치 마른 제라늄 화분이 물을 흡수하듯, 머리부터 발끝까지 흠뻑 젖어 버렸습니다.

그는 비 맞은 병아리마냥 젖은 채, 배고픔과 피로에 지쳐 집으로 돌아갔습니다. 똑바로 서 있을 힘조차 없어서 흠뻑 젖은 발을 숯불이 활활 타오르는 화덕 위에 올려놓으며 주저앉았습니다. 그리고 그만 거기서 잠이 들고 말았습니다. 잠을 자는 동안 나무로 만든 두 발에 불이 붙었고 천천히, 천천히 타 들어가기 시작했습니다. 그리고 재가 되었습니다.

피노키오는 마치 발들이 남의 발들인양 코를 골며 잠을 잤습니다. 그리고 마침내 날이 밝아 왔을 때, 누군가 문을 두드리는 소리에 잠을 깼습니다.

"누구세요?"

하품을 하고 눈을 비비며 물어보았습니다.

"나다."

어떤 목소리가 대답했지요.

그 목소리는 제페토 할아버지 목소리였습니다.

7장

제페토 할아버지는 집으로 돌아가서
자신이 들고 온 아침밥을 피노키오에게 줍니다.

잠에 빠져 있던 불쌍한 피노키오는 두 발 모두가 불에 탔는지를 아직도 모르고 있었습니다. 자던 중 아빠의 목소리를 듣자마자 황급히 빗장을 열려고 등받이가 없는 의자에서 재빠르게 내려오려 했습니다. 그런데 두세 번 비틀비틀 하다가 바닥에 푹 고꾸라지듯 널부러지며 넘어졌습니다. 피노키오가 바닥에 넘어질 때 와당탕탕! 나무 국자들 부대가 5층에서 떨어지는 것처럼 요란한 소리가 났습니다.

"나야, 문 열어라!"

길에 서 있던 제페토 할아버지는 소리쳤습니다.

"아빠, 문을 열 수가 없어요."

꼭두각시 인형은 바닥에 넘어져 울면서 말했습니다.

"왜 열 수가 없다는 거니?"

"왜냐면 내 발을 다 먹어 버렸거든요."

"누가 네 발을 먹었다는 거야?"

"고양이가요."

피노키오는 앞발로 나무 부스러기를 갖고 노는 고양이를 보며 말했습니다.

"다시 말하는데 문 열어!"

제페토 할아버지는 말했습니다.

"안 그러면, 내가 집에 들어가자마자 널 고양이에게 넘겨줘버릴 거다!"

"똑바로 서 있을 수가 없어요. 제발 믿어 주세요. 아! 난 진짜 불쌍해! 평생 무릎으로 걸어야 하는 난 너무 불쌍해!"

제페토 할아버지는 이 모든 우는 소리가 꼭두각시 인형의 또 다른 장난이라 생각하고 그 소리를 그치게 하려는 생각에 벽을 기어올라 창문을 통해 집으로 들어갔습니다.

처음에는 벼르던 대로 혼을 내고 싶었습니다. 하지만 정말로 발 없이 바닥에 널부러져 있는 피노키오를 보았을 때, 제페토 할아버지는 불쌍한 마음을 감출 수가 없었습니다. 그는 바로 피노키오의 목을 받쳐 안고

서 수없이 입을 맞추고 쓰다듬어 주었습니다. 할아버지의 두 뺨에는 큰 눈물방울이 쉴 새 없이 흘렀습니다. 그리고 피노키오에게 울먹이며 말했습니다.

"피노키오야! 어쩌다 발이 다 탄 거냐?"

"모르겠어요, 아빠, 하지만 지옥과 같은 밤을 보낸 건 확실해요. 그리고 평생 기억할 거예요. 천둥이 치고 번개가 번쩍거렸어요. 전 너무 배가 고팠고요. 말하는 귀뚜라미는 제게 말했어요. '샘통이야, 넌 나쁜 아이니까. 그런 일 당할 만해.' 그래서 제가 말했어요. '가버려, 귀뚜라미!' 그러자 귀뚜라미는 제게 그랬어요. '너는 나무 머리를 가진 꼭두각시 인형이야.' 그래서 전 나무 망치를 귀뚜라미에게 던졌어요. 근데 그는 죽고 말았어요. 하지만 그것은 귀뚜라미 잘못이에요. 왜냐면 난 귀뚜라미를 죽일 생각이 없었거든요. 숯불이 활활 타는 화덕 위의 냄비에 달걀을 요리하려고 했는데 병아리가 밖으로 도망쳐 나와 말했어요. '안녕히 계세요, 가족에게도 안부를 전해 주세요.' 그리고 배고픔은 자꾸 커져만 갔어요! 그 이유로 마을을 찾아갔는데 취침용 모자를 쓴 할아버지가 창문으로 얼굴을 내밀며 내게 말했어요. '이 아래로 와서 모자를 내밀어라.' 그러고는 머리에 폭포수 같은 물을 부었어요! 빵 조금만 달라고 하는 것이 나쁜 일이 아닌데……. 그렇지 않나요? 난 집으로 당장 돌아왔어요. 자꾸 배고픔이 더 커져 갔거든요. 그리고 몸을 말리려고 발을 화덕 위에 얹어 놓았는데 아빠가 돌아왔을 때 발이 다 타버렸어요. 배는 계속 고프고 내게는 더 이상 발이 없어요! 흑흑……! 으흐흑……엉엉!"

불쌍한 피노키오는 5킬로미터 정도 떨어진 곳에서도 들릴 정도로 큰 소리를 지르며 울기 시작했습니다. 제페토 할아버지는 이 복잡한 이야기를 듣고 한 가지 사실을 알았습니다. 바로 지금 꼭두각시 인형이 죽을 만큼 배가 고프다는 것이었지요. 할아버지는 곧바로 주머니에서 배 세 개를 꺼내 피노키오에게 쥐여 주며 말했습니다.

"내 아침 식사로 배가 세 개 있구나. 네게 기꺼이 줄게. 맛있게 먹으렴."

"정말 제게 주고 싶다면, 배 껍질을 벗겨 주세요."

"껍질을 벗겨 달라고?"

제페토 할아버지는 깜짝 놀라며 대답했습니다.

"이 녀석아, 그 조그만 입으로 그런 까다로운 입맛을 가지고 있다는 게 믿어지지 않는구나. 안돼! 이 세상에서는 아이 때부터 좋은 습관을 들이고 무엇이든지 맛있게 먹을 줄 알아야 해, 왜냐면 어떤 일들이 네게 일어날지 모르니 말이야. 그런 경우는 정말 많이 있어!"

"아빠 말이 맞아요."

피노키오는 대답했습니다.

"그러나 난 껍질이 안 벗겨진 과일은 절대 먹지 않아요. 껍질 싫단 말이에요."

착한 제페토 할아버지는 밖에서 오래된 칼을 찾아서 참을성을 가지고 배 껍질을 벗겼습니다. 그리고 탁자의 한 구석에 모든 껍질을 놓았습니다. 피노키오는 첫 번째 배를 두 입 베어 먹고선 과일의 속을 멀리 던졌습니다. 그러자 제페토 할아버지가 깜짝 놀라며 피노키오의 팔을 붙들고 말했습니다.

"던지지 말아라, 이 세상의 모든 것은 쓸모 있는 거야."

"하지만 난 정말로 과일 속은 안 먹어요! 싫단 말이야!"

꼭두각시 인형은 화가 난 뱀처럼 고개를 돌리며 소리쳤습니다.

"누가 아니! 나중에라도 뭔가가 필요해지는 경우는 많이 있어."

제페토 할아버지는 차분히 대답했습니다. 이렇게 과일 속 세 개는 창문 밖으로 버려지는 대신, 탁자의 한 구석에 배 껍질과 같이 놓여졌지요. 결국 피노키오는 배를 먹었습니다. 좀더 자세히 말하자면 허겁지겁 정신없이 배 세 개를 먹어 치웠지요. 그러고선 긴 하품을 하고 우는 소리로 말했습니다.

"나 아직도 배가 고파요."

"하지만 아들아, 네게 줄 게 아무것도 없구나."

"정말로 아무것도, 아무것도 없나요?"

"오직 이 껍질과 배의 심뿐이란다."

"그럼 할 수 없네요!"

피노키오는 대답했습니다.

"다른 것이 없다면 껍질이라도 먹을래요."

그러고는 껍질을 씹기 시작했습니다. 처음엔 입을 삐죽거리며 먹더니 나중엔 모든 껍질을 순식간에 먹어 치웠고 껍질을 다 먹은 후에 배의 속도 아삭아삭 먹었습니다. 이렇게 모든 것을 다 먹은 후, 만족스럽게 배를 손으로 어루만지며 말했습니다.

"이제 진짜 배불러요!"

"자, 이제 알겠니!"

제페토 할아버지는 말했습니다.

"내 말이 맞지, 내가 말하지 않았니, 입맛이 너무 까다로워서는 안 된다고 말이야. 사랑하는 아들아, 이 세상에서 무슨 일이 네게 일어날지 모른단다. 그런 경우는 많이 있어!"

8장

제페토 할아버지는 피노키오의 발을 만들어 줍니다.
그리고 피노키오에게 글공부 책을 사주기 위해
자신의 큰 외투를 팔았습니다.

허기진 배를 채우자 꼭두각시 인형은 바로 투덜대며 울기 시작했습니다. 새로운 발을 갖고 싶었기 때문입니다. 그러나 제페토 할아버지는 말썽 피운 인형을 벌 주기 위해서 반나절 동안 피노키오가 펑펑 울도록 내버려 두었습니다. 그리고 말했습니다.

"왜 내가 네 발을 만들어 줘야 하지? 또다시 집에서 도망치는 널 볼 수도 있는데?"

"약속할게요."

꼭두각시 인형은 훌쩍이며 말했습니다.

"오늘부터 말 잘 듣는 아이가 될게요."

제페토 할아버지는 대답했습니다.

"모든 아이들은 자기가 원하는 것을 갖고 싶으면 그렇게 말들을 하지."

"약속할게요. 학교에도 가고 공부도 할게요. 그리고 훌륭한 사람이 될게요."

"모든 아이들은 뭔가 원하는 것을 갖고 싶으면 똑같은 이야기를 하지."

"하지만 난 다른 아이들이 아니에요! 나는 진짜 착하고 항상 진실만을 이야기한단 말예요. 아빠, 약속할게요. 기술도 배우고, 아빠가 늙어서 의지할 수 있는 버팀목과 기쁨이 되겠습니다!"

제페토 할아버지는 화가 난 얼굴을 했음에도 불구하고 불쌍한 처지에 놓인 가여운 피노키오가 다짐하는 것을 보면서 눈에는 눈물이 가득 고였고 마음에는 뜨거운 감동이 몰려왔습니다. 아무말도 하지 않고 연장 도구와 잘 건조된 나무 두 토막을 집어들었고 최선을 다해서 일을 했지요.

한 시간이 채 안 되서 발들은 예쁘게 잘 완성되었습니다. 민첩하고 단단하며, 튼튼한 발이 만들어졌습니다. 마치 천재적인 예술가에 의해서 만들어진 것처럼 말이죠. 제페토 할아버지는 꼭두각시 인형에게 말했습니다.

"자, 눈 감고 자거라!"

피노키오는 눈을 감고 잠을 자는 척 했습니다. 그 시간에 제페토 할아버지는 달걀 껍질에 풀을 조금 녹여 새로 만든 발들에 칠한 후 피노키오에게 잘 붙도록 붙여줬습니다. 붙은 자국조차 보이지 않도록 말이죠.

꼭두각시 인형은 자기에게 발이 다시 생긴 것을 알자, 자기가

누웠던 탁자에서 아래로 뛰어내려와서 커다란 기쁨에 어쩔 줄 몰라 여러 번 총총걸음을 걷다가 또 여러 번 껑충껑충 뛰었습니다.

"아빠가 제게 해 주신 것에 보답하기 위해서, 저는 학교에 가고 싶어요."

피노키오는 아빠에게 말했습니다.

"착하구나, 아들아."

"근데 학교에 가기 위해서는 옷이 몇 벌 필요해요."

사실 가난한 제페토 할아버지는 주머니에 동전 하나조차도 갖고 있지 않았습니다. 그래도 피노키오를 위해 허름한 꽃무늬 종이 옷과 나무 껍질로 만든 신발 한 켤레, 그리고 빵의 부드러운 부분으로 작은 모자를 만들어 주었습니다. 피노키오는 물로 가득 찬 대야에 자기 모습을 비춰 보더니 자신에게 만족해하고 뽐내며 말했습니다.

"정말 신사처럼 보이는데!"

"정말이구나. 멋진 옷이 신사를 만드는 게 아니라 깨끗한 옷이 신사를 만든단다. 머리 속에 잘 기억해 둬."

제페토 할아버지가 대답했습니다.

"아 맞아요, 학교에 가려면 뭔가 있어야 해요. 제일 중요하고, 제일 좋은 게 필요하네요."

"그게 뭐지?"

"글공부 책이요."

"네 말이 맞구나. 그걸 어떻게 구하나?"

"아주 쉬워요, 서점에 가서 책을 사면 되죠."

"그럼 돈은?"

"전 없어요."

"나도 없는데……."

착한 할아버지는 슬퍼하며 대답했습니다. 피노키오는 아주 활발한 아이임에도 불구하고 그 또한 슬퍼졌습니다. 정말로, 정말로 가난했기 때문이지요. 가난은 모든 사람들을, 아이들까지도 슬프게 합니다.

"할 수 없구나!"

제페토 할아버지가 갑자기 일어나며 소리쳤습니다. 그리고 여기저기 헝겊 조각으로 기우고 덧댄 오래된 벨벳 외투를 입고 급히 뛰쳐 나갔습니다. 얼마 후 집으로 돌아왔을 때, 제페토 할아버지의 손에는 아들에게 줄 글공부 책이 있었습니다. 그러나 큰 외투는 더 이상 없었습니다. 가여운 할아버지는 셔츠를 입고 있었습니다. 밖에는 눈이 내리는데 말이죠.

"아빠, 큰 외투는요?"

"팔았단다."

"왜요?"

"왜냐면…… 더워서."

피노키오는 이 대답의 의미를 바로 깨달았습니다. 할아버지의 사랑에 벅찬 마음을 감출 수가 없었던 피노키오는 펄쩍 뛰어 제페토 할아버지의 목을 감싸 안고 얼굴 전체에 뽀뽀하기 시작했습니다.

9장

피노키오는 꼭두각시 인형극을 보러 가려고
글공부 책을 팔았습니다.

눈이 오는 것이 멈췄고 피노키오는 팔에 새롭고 좋은 글공부 책을 끼고 학교 가는 길에 접어들었습니다. 그 길을 걸어가며 수만 가지 생각을 했고 수만 가지 공상을 연달아 했지요. 피노키오는 혼자서 대화하듯 말했습니다.

"오늘 당장, 학교에서 읽기를 배우고 싶어. 내일은 쓰기를 배울 거야. 그리고 모레는 숫자 세는 법을 배워야지. 그리고 내 힘으로 많은 돈을 벌 거야. 내가 처음으로 버는 돈은 모직물로 된 큰 외투를 사는 데 쓸 거야. 모직…… 아니지! 모두 은이나 금, 다이아몬드 단추으로 된 것으로 사 드릴 거야. 가여운 아빠는 이런 선물을 받을 자격이 충분히 있어. 내게 책들을 사 주시기 위해서, 그리고 나를 가르치기 위해서 셔츠만 입은 채로 있으시거든. 이렇게 추운데 말이야! 이러한 희생을 해 주시는 아빠들은 없을 거야!"

이렇게 말하고 감동받는 사이에 멀리서 피리 소리와 북소리가 들려오는 것 같았습니다. 피-피-피, 피-피-피, 퉁, 퉁, 퉁, 퉁!

피노키오는 멈춰서서 그 소리를 듣고 있었지요. 그 소리는 해변가에 이뤄진 작은 마을로 가는 긴나긴 길 건너편 깊은 곳에서 들려왔습니다.

"이 음악 뭐지? 난 학교에 가야만 하는데…… 아니면……."

피노키오는 어찌할 바를 모르고 있었습니다. 어쨌든 결정해야 했습니다. 학교냐, 피리 소리를 계속 듣느냐를 말이죠.

"오늘은, 피리 소리를 들으러 갈 거야. 내일은 학교에 가고 말이지. 학교에 가는 건 항상 시간이 있어!"

마침내 그 말썽꾸러기는 어깨를 으쓱 하며 말을 했습니다. 이렇게 말하고 바람처럼 달려 길 아래로 내려갔지요. 더 달릴수록 피리 소리와 퉁퉁거리는 커다란 북 소리가 더 명료하게 들려왔습니다. 피-피-피, 피-피-피, 피-피-피, 퉁, 퉁, 퉁, 퉁. 그 소리는 사람들로 가득찬 광장 한복판에서 들렸습니다. 그 사람들은 나무와 각양각색으로 칠해진 천막 주변에 모여서 웅성거리고 있었습니다.

"저 천막은 뭐지?"

피노키오는 옆에 서 있던 마을 꼬마에게 고개를 돌리며 물어봤습니다.

"간판을 읽어 봐. 뭐라고 써 있는지, 그럼 알게 될 거야."

"나도 정말 읽고 싶어. 하지만 오늘은 읽을 줄 몰라."

"바보! 그럼 내가 읽어주지. 저 간판에 불처럼 빨간 글씨로 '꼭두각시 인형 대극장' 이라고 써 있어."

"이 인형극은 시작한 지 오래 됐니?"

"지금 시작이야."

"입장료가 얼마인데?"

"동전 네 닢밖에 안돼."

호기심에 휩싸인 피노키오는 그만 혹하여, 창피한 것도 모르고 그 말을 했던 꼬마에게 말했습니다.

"나한테 동전 네 닢만 빌려줄 수 있어?"

꼬마는 피노키오를 비웃으며 대답했습니다.

"정말로 주고 싶어. 그런데 오늘은 줄 수가 없구나."

"동전 네 닢에 내 윗옷을 네게 팔게."

꼭두각시 인형은 꼬마에게 말했습니다.

"꽃무늬 종이로 만든 윗옷이 무슨 소용이 있겠어? 비가 와서 옷이 젖으면 그만인데."

"그럼 내 신발 살래?"

"불 지피기에는 좋겠네."

"이 작은 모자는 얼마나 줄 수 있니?"

"정말로 좋은 생각이야. 빵의 부드러운 부분으로 만든 모자! 근데 쥐들이 내 머리를 갉아 먹으려 오는 경우도 있겠어!"

피노키오는 애가 탔습니다. 마지막 흥정을 하려 했지만 용기가 없었습니다. 우물쭈물 주저하다 괴로워하면서 마침내 피노키오는 말했습니다.

"이 새로운 책을 팔 테니 동전 네 닢을 줄래?"

"이 바보야, 난 아직 어려. 같은 애들에게서는 안 산다고."

피노키오보다 좀더 분별력이 있던 어린 친구는 대답했습니다.

"동전 네 닢에 내가 새 책을 사겠어!"

그 대화를 듣고 있었던 중고 상인이 소리쳤습니다.

책은 그 자리에서 팔렸습니다. 아들에게 새 책을 사주기 위해 코트를 팔고 추위에 덜덜 떨며 집에서 아들만 기다리고 있는, 가여운 제페토 할아버지를 생각해 보세요!

10장

꼭두각시 인형들은 자기 형제인 피노키오를 알아봐요.
그리고 큰 환영을 해줘요. 그러나 그때,
인형극 단장 만자후오코*가 밖으로 나오고
피노키오는 끔찍한 최후를 맞이하게 될 것 같은 위기에 처합니다.

피노키오가 꼭두각시 인형극장으로 들어갔을 때, 발칵 뒤집힐 만한 사건이 일어났습니다. 여러분도 아시다시피 막은 올랐고 인형극은 이미 시작되었습니다.

무대에는 아를레키노**와 풀치넬라***가 서로 익살스럽게 다투며 언제나 했던 것처럼 서로 번갈아가며 따귀를 때리거나 지팡이로 때리면서 투닥거리는 중이었습니다.

연극에 완전히 빠져든 관객들은 두 꼭두각시 인형의 말다툼하는 소리에 폭소를 터트렸습니다. 서로 손가락질하고 서로 비

* 만자후오코(Mangiafuoco): 이태리어로 불을 먹는 사람.

** 아를레키노(Arlecchino): 이태리어로 어릿광대.

*** 풀치넬라(Pulcinella): 이태리어로, 나폴리 도시의 아체라나 지방에서 가면을 쓰고 즉흥 가면극을 하는 희극배우. 긴 대사, 언어의 유희, 곡예 등을 하는 사람.

난하는 말들이 사실 같았습니다. 두 꼭두각시 인형은 마치 이성적인 동물이나 실제로 이 세상에 존재하는 두 사람인 것 같았기 때문입니다.

그때 갑자기, 아를레키노가 연극을 멈췄습니다. 그리고 구경꾼들을 향해 몸을 돌리며 좌석 제일 끝에 있는 피노키오를 손가락으로 가리키면서 연극적인 톤으로 외쳐대기 시작했습니다.

"우아아! 이게 누구야! 꿈이야 생시야? 저기 아래에 피노키오가 있어!"

"정말 피노키오네!"

풀치넬라가 소리쳤습니다.

"진짜 피노키오야!"

무대의 가장 안쪽에 있었던 로자우라 부인이 고개를 살짝 내밀며 소리를 질렀습니다.

"피노키오다! 피노키오!"

모든 꼭두각시 인형들은 무대 뒤에서 뛰쳐나오며 한 목소리로 외쳤지요.

"피노키오야! 우리 형제 피노키오가 왔어! 피노키오 만세!"

"피노키오, 내게로 올라와!"

아를레키노는 소리쳤습니다.

"네 나무 형제들의 품으로 들어오렴!"

이 따뜻한 환대로, 피노키오는 펄쩍 뛰어 올라서 관객들 사이 제일 끝에서 특등석으로 갔습니다. 그리고 다시 한번 뛰어서 오

케스트라 지휘자 머리 위에 있는 특등석으로 옮겨 갔고 또다시 무대 위로 뛰어 올랐습니다.

꼭두각시 인형들은 피노키오를 얼싸안고 깔깔 웃으며 목을 조르기도 하고 뺨을 살짝 꼬집기도 하며 진실한 우정의 표시로 머리를 툭 부딪치기도 했지요. 피노키오는 나무 인형 극단의 남녀 배우들로부터 상상할 수 없을 정도로 시끌벅적한 환영을 받았습니다.

이 무대는 이루 말할 수 없이 감동적이었습니다. 그러나 좌석에 있던 관객들은 인형극이 더 이상 진행되지 않는 것을 보고 참을성을 잃고 외치기 시작했습니다.

"우리는 인형극을 보고 싶단 말이야, 인형극 보여줘!"

하지만 이 모든 말들은 소용이 없었습니다. 왜냐하면 꼭두각

시 인형들이 연기하는 대신에 더 떠들고 더 크게 소리쳤기 때문이지요. 그리고 마치 왕을 받들듯 피노키오를 어깨에 태워 무대 조명 앞으로 데리고 갔습니다.

그러자 아주 못생기고 덩치 큰 인형극 단장이 밖으로 턱턱 걸어 나왔습니다. 그는 보는 것만으로도 무서움에 떨게 했습니다. 잉크로 얼룩진 것처럼 검은 수염은 턱에서 땅까지 내려올 정도로 매우 길었습니다. 그가 걸을 때 수염을 발로 차는 것은 말할 필요도 없었지요. 그의 입은 화덕만큼이나 컸고 눈은 켜져 있는 빨간 유리 전구 같았습니다. 거기에다가 손에 감긴, 뱀들과 여우꼬리로 꼬아진 커다란 채찍을 휙휙 휘두르며 소리를 냈습니다.

인형극 단장의 갑작스러운 출현에 모두 말을 멈췄습니다. 숨도 쉬지 못했습니다. 속 편한 파리만 붕붕 날아다니는 가운데, 그 불쌍한 꼭두각시 인형들은 남자 여자 할 것 없이 모두 모여 나뭇잎들처럼 부르르 떨고 있었습니다.

"너, 왜 여기 와서 내 극장을 시끄럽게 하지?"

인형극 단장은 머리 끝까지 오싹해지는 무시무시한 목소리로 피노키오에게 물었습니다.

"주인님……! 믿어주세요, 제 잘못이 아니에요!"

"그 입 닫아. 오늘 저녁에 두고 보자!"

그러고는 순식간에 피노키오를 번쩍 들어 올려 못에다가 매달아 두었습니다. 울부짖는 피노키오를 뒤로 한 채 마침내 인형극의 연기가 끝났습니다. 인형극 단장은 저녁감으로 맛있는 양고기를 준비해 놓은 부엌으로 갔고 꼬챙이에 꽂힌 양고기를 천천히 돌렸습니다. 하지만 양고기를 잘 익히고 구우려니 땔감으로 쓸 나무가 부족했습니다. 그래서 그는 아를레키노와 풀치넬라를 불러서 말했습니다.

"못에 매달아 놓은 그 꼭두각시 인형을 데려와. 분명 아주 잘 건조한 나무로 만들었을 거야. 확실해. 그걸 불에 던지겠다. 그럼 고기 굽는 데 좋은 불을 내겠지."

아를레키노와 풀치넬라는 처음엔 망설였습니다. 그러나 결국 주인의 무서운 눈초리에 겁에 질려 그 말에 고개를 끄덕였지요. 그리고 얼마 후 부엌으로 돌아왔습니다. 두 팔에 불쌍한 피노키오를 끼고서 말이죠. 피노키오는 물 밖에 나온 새끼 뱀

장어처럼 몸부림 치며 찢어지는 비명을 질렀습니다.

"아빠, 아빠, 제발 살려주세요! 죽고 싶지 않아요. 안돼요, 죽고 싶지 않아!"

11장

만자후오코는 재채기를 했습니다.
그리고 죽음에서 친구 아를레키노를 보호해 준
피노키오를 용서해 주었습니다.

인형극 단장 만자후오코는 무시무시한 사람 같았지만 사실 아니었습니다. 앞치마를 사용하는 것처럼, 그의 가슴 전체와 다리 전체를 덮고 있는 검은 수염 때문에 특히 더 그렇게 보였습니다. 그러나 알고 보면 나쁜 사람은 아니었어요. 불쌍한 피노키오가 "죽고 싶지 않아요, 죽고 싶지 않아!" 라고 소리를 지르고 몸부림치며 단장 앞으로 끌려오는 것을 보았을 때, 갑자기 그를 불쌍히 여기기 시작했다는 것만으로도 그 사실을 알 수 있었습니다. 그리고 잠깐 동안 참으려 했지만, 결국엔 참지 못하고 요란하게 재채기를 했습니다.

이 재채기에 지금까지 슬픔에 잠겨서 수양버들처럼 고개를 푹 숙이고 있던 아를레키노는 순간 얼굴에 기쁜 표정을 짓더니 피노키오를 향해 몸을 숙이고 아주 낮은 목소리로 속삭였습니다.

"형제여, 이건 좋은 상황이군! 인형극 단장이 재채기를 한다는 건 너를 가엾게 여긴다는 증거야. 이제 넌 살았어."

다들 알고 있듯이, 누군가를 불쌍히 여길 때 다른 남자들은 울든지 하다 못해 눈물을 훔치는 시늉을 하는데 만자후오코는 정말로 동정심이 생기면 재채기를 하는 약점이 있었습니다. 그것은 자기 감정을 다른 사람들에게 알리는 또 하나의 방법이었지요.

재채기를 하고 난 후, 인형극 단장은 일부러 무서운 표정을 지으며 피노키오에게 소리쳤습니다.

"그만 울지 못해! 네 우는 소리는 내 마음을 너무 구슬프게 만든단 말이야……. 고통을 느낀단 말이지. 거의, 거의 이렇게, 에취! 에취!"

이렇게 두 번 재채기를 했습니다.

"건강하시길!"

피노키오는 말했습니다.

"고맙군. 네 아빠와 엄마는 여전히 살아계시니?"

만자후오코는 피노키오에게 물어봤습니다.

"아빠는 살아계세요. 엄마는 전혀 알지 못하고요."

"지금 내가 이 뜨거운 숯 속에 널 던진다면 네 늙은 아빠가 얼마나 슬퍼할지 누가 알겠니! 불쌍한 노인네! 그가 불쌍해! 에취! 에취! 에에취!"

다시 세 번 재채기를 했습니다.

"건강하시길!"

피노키오는 말했습니다.

"고마워! 그리고 또 하나는 나 또한 불쌍하다는 거지. 왜냐, 너도 보다시피 이 굽고 있는 양고기를 마저 굽기에 필요한 땔감이 없거든. 솔직히 말하는데, 이 경우에 넌 내게 아주 용이하지! 그러나 이제는 네가 가여워서 어쩔 수가 없구나. 너 대신에 내 극장의 몇 꼭두각시 인형들을 양고기 꼬치 아래에 던져 태우겠어. 여봐! 병정!"

이 명령에 길다랗고 비쩍 말랐으며 머리에 삼각모를 쓰고 손에는 칼집에서 뽑은 칼을 들고 있는 두 나무 병정이 바로 나타났습니다.

그러자 인형극 단장은 무섭게 그르렁거리는 목소리로 그들에게 말했습니다.

"저기 있는 아를레키노를 잘 묶어서 가져와, 그리고 저 불에 던져서 태워라. 내 양고기가 잘 구워질 수 있도록!"

불쌍한 아를레키노가 얼마나 놀랐을지 상상해 보세요! 너무 놀라서 아를레키노는 다리에 힘이 풀려 주저앉으며 머리를 떨구었습니다.

이 가혹한 광경을 본 피노

키오는 인형극 단장의 발에 매달렸습니다. 그리고 엄청나게 울면서 긴 수염의 모든 털들을 눈물로 적셨지요. 그런 다음 그에게 애원하기 시작했습니다.

"자비를, 만자후오코 주인님!"

"여기엔 주인님이 없지!"

인형극 단장은 단호하게 대답했습니다.

"자비를, 기사님!"

"여긴 기사가 없지!"

"자비를, 사령관님!"

"여기엔 사령관이 없지!"

"자비를, 각하!"

각하라는 소리를 들었을 때 인형극 단장은 바로 입가에 웃음을 지었고, 갑자기 더 따뜻하고 친절하게 피노키오에게 말했습니다.

"그럼, 내게 바라는 게 뭐지?"

"이 불쌍한 아를레키노에게 자비를 베풀어 주세요!"

"여기에 자비란 없다. 널 살려두는 대신에 저 녀석을 불에 넣겠어. 내 양고기가 잘 구워져야 하기 때문이지."

그때 피노키오는 일어나면서 빵의 부드러운 부분으로 만든 모자를 던지며 비장하게 소리쳤습니다.

"이 경우는 내가 던져지는 게 맞는 거예요. 병정님들, 여기로 오세요! 나를 묶어서 저 불꽃 사이로 던지세요. 내 진정한 벗, 가여운 아를레키노가 죽어야 하는 것은 옳지 않아요!"

높은 목소리와 영웅적인 언성으로 완성된 이 말들은 그 장소에 있었던 모든 꼭두각시 인형들을 울게 만들었습니다. 무섭게 서 있던 나무 병정들도 마치 두 마리의 젖먹이 어린 양처럼 울었습니다.

만자후오코는 처음엔 얼음 조각처럼 굳어지더니 움직일 수 없었습니다. 그리고 천천히, 천천히 그도 감동 받기 시작하며 아주 세게 재채기를 했습니다. 세 번, 네 번, 다섯 번, 그리고 팔을 활짝 열더니 피노키오에게 말했습니다.

"너는 정말 멋진 소년이구나! 여기 내게로 와서 입맞춤 해주렴."

피노키오는 바로 달려갔습니다. 인형극 단장의 수염 위로 다람쥐처럼 쪼르르 기어올라가 코끝에 가장 아름다운 입맞춤을 했습니다.

"그럼, 자비를 베푸시는 건가요?"

이야기를 듣자마자 불쌍한 아를레키노가 작은 목소리로 물어봤습니다.

"자비를 베풀겠어!"

만자후오코는 대답했습니다. 그리고 한숨을 쉬면서 머리를 심하게 흔들더니 한마디 덧붙였지요.

"참자! 이 저녁에는 양고기의 반을 날것으로 먹을 것이야. 하지만 다음 번에는 누구 차례가 될지 모른다!"

자비를 베풀었다는 소식에 인형극 단원은 모두 무대로 뛰어 올라갔습니다. 그리고 축제인 것처럼 불빛과 전등을 켜고 뛰어 다니며 춤추기 시작했지요. 동이 틀 때까지 모두들 즐거워하며 신나게 춤을 췄습니다.

12장

인형극 단장 만자후오코는 아빠 제페토에게 가져가라고
피노키오에게 금화 다섯 닢을 선물해요.
그러나 피노키오는 여우와 고양이의 속임수에 빠져
그들과 함께 떠나요.

그 다음날 만자후오코는 피노키오를 따로 불러서 피노키오에게 질문했습니다.

"네 아빠의 이름은 뭐지?"

"제페토예요."

"무슨 일을 하시지?"

"가난한 사람이 하는 일이요."

"돈을 좀 버시니?"

"주머니에 동전 한 닢도 없을 만큼 벌지요. 글공부 책을 사기 위해서 입고 있었던 유일한 큰 외투도 팔아야 했으니 말이에요. 그 외투는 낡고 기운 자국들로 가득했어요."

"그렇게 가난하다니! 정말 가여운 생각이 드는구나. 여기 금화 다섯 닢이 있다. 당장 아빠께 갖다 드리고 내가 안부 전한다고 하여라."

피노키오가 얼마나 기쁜지 여러분은 충분히 상상할 수 있겠지요. 피노키오는 인형극 단장에게 수천 번 감사 인사를 하고 그의 친구, 모든 꼭두각시 인형들과 병정까지도 하나하나 안아줬습니다. 그리고 기쁨에 넘쳐서, 그의 집으로 돌아가는 여행을 시작했습니다.

그러나 오백 미터도 걸어가기 전에 한 발이 절뚝이인 여우와, 두 눈 모두가 장님인 고양이를 길에서 만났습니다. 그들은 불행스럽게도, 좋은 길동무로 서로 도와주며 길을 가고 있었습니다. 절뚝이인 여우는 고양이에 기대며 걸었고 장님인 고양이는 여우의 안내를 받고 있었지요.

"안녕, 피노키오."

여우가 예의바르게 인사를 하며 말했습니다.

"내 이름을 어떻게 알아?"

꼭두각시 인형이 물었습니다.

"네 아빠를 잘 알지."

"아빠를 어디서 봤는데?"

"어제 그의 집 문 앞에서 보았지."

"아빠는 뭘 하고 계셨어?"

"셔츠만 입고 추위에 떨며 있었지."

"불쌍한 아빠! 그러나 신이 원하신다면, 오늘부터 더 이상 추위에 떨지 않을 거야!"

"왜?"

"왜냐면 나는 큰 부자가 되었으니까."

"네가 큰 부자라고?"

여우는 이렇게 말하고 교활한 미소를 띠며 비웃기 시작했습니다. 고양이도 슬쩍 웃었지요. 그러나 웃음을 보이지 않으려 앞발로 수염을 쓰다듬었습니다.

"뭐가 그렇게 웃겨?"

피노키오는 화를 내며 소리쳤습니다.

"정말 미안하지만 말이야, 너희가 원한다면 여기 금화 다섯 닢이 있는 것을 보여주지."

그리고선 만자후오코에게 받은 동전을 꺼냈습니다. 동전이 짤랑거리는 소리에 충동적으로 여우는 자신도 모르게 마비된 것처럼 절던 다리를 쭉 뻗었습니다. 그리고 고양이는 두 개의 초록 불빛 같은 두 눈을 크게 떴다가 다시 냉큼 감았습니다. 하지만 피노키오는 아무 것도 알아차리지 못했습니다.

"자, 이제……."

여우는 피노키오에게 질문했습니다.

"이 동전으로 무엇을 하고 싶어?"

"무엇보다도 먼저,"

꼭두각시 인형은 대답했습니다.

"아빠를 위해서 모두 금과 은으로 되었고 다이아몬드의 단추가 달린, 멋지고 새로운 외투를 사 드리고 싶어. 그리고 내가 읽을 글공부 책을 살 거야."

"책을 산다고?"

"응. 왜냐면 학교에 가서 열심히 공부를 하고 싶거든."

"날 봐!"

여우는 말했습니다.

"쓸데없이 공부을 열심히 해서 난 다리를 잃었어."

"날 봐!"

고양이가 말했습니다.

"쓸데없이 공부를 열심히 해서 난 두 눈의 시력을 잃었어."

그때 길의 울타리에 앉아있던 하얀 지빠귀가 이야기를 듣고 짹짹거리며 말했습니다.

"피노키오, 나쁜 친구들의 말은 절대로 듣지 마. 안 그러면 후회할 거야!"

불쌍한 지빠귀, 그 말을 하지 않았다면! 고양이가 펄쩍 뛰어서 새를 덮쳤습니다. '짹' 소리도 못하도록 깃털까지 통째로 꿀꺽 삼켜 버렸습니다. 다 먹은 후에 입을 닦으며 다시 눈을 감고 처음처럼 장님 행세를 시작했습니다.

"불쌍한 새!"

피노키오는 고양이에게 말했습니다.

"왜 새를 그렇게 괴롭혔니?"

"나는 그에게 가르쳐줬을 뿐이야. 그래야 다음번에 다른 사람들 대화에 끼지 않겠지."

집을 돌아가는 길을 반 이상 지나왔을 때 여우가 꼭두각시 인형에게 말했습니다.

"네 금화를 두 배로 불리고 싶지 않니?"

"무슨 말이야?"

"금화 다섯 닢은 너무 적으니까 그걸로 백 닢, 천 닢, 이천 닢을 만들고 싶지 않냐고?"

"만약에 그렇다면 좋지! 근데 어떤 방법으로?"

"방법은 아주 쉽지. 집으로 돌아가지 말고 우리와 함께 가야 해."

"날 어디로 데려가려고 하는데?"

"얼뜨기의 마을로."

피노키오는 잠시 생각하더니 단호하게 말했습니다.

"아니야, 난 가고 싶지 않아. 이제 거의 집에 다 왔어. 날 기다리는 아빠가 있는 집에 가고 싶어. 불쌍한 아빠……! 내가 집에 돌아오지 않아 얼마나 한숨을 내쉬었을지 누가 알아. 불행히도 난 나쁜 아들이었어. 그리고 말하는 귀뚜라미가 '순종하지 않는 아이들은 이 세상에서 잘 살 수 없어'라고 말했는데 그 말이 옳아. 또 어제 저녁엔 만자후오코 집에서 많은 위험이 닥쳐서 죽을 뻔했어. 아아! 생각만 해도 소름 끼치고 떨려!"

여우가 말했습니다.

"그러니까, 너는 정말 집에 가고 싶다는 거지? 그럼 어서 가. 어차피 니 손해야."

"너만 손해지 뭐……."

고양이가 따라 말했습니다.

"잘 생각해, 피노키오, 넌 지금 행운을 걷어 차버리는 거야."

"행운을!"

고양이가 따라 말했습니다.

"네 금화 다섯 닢은 오늘부터 내일까지 이천 닢이 될 텐데."

"이천 개!"

고양이가 따라 말했습니다.

"아니, 어떻게 그렇게나 많이 되는 게 가능하지?"

피노키오는 놀라서 입을 벌린 채 물어봤습니다.

"바로 설명해주지."

여우는 말했습니다.

"얼뜨기 마을에 대해서 알아야 할 필요가 있어. 이 마을에 기적의 땅이라고 불리는 축복의 땅이 있어. 너는 이 땅에 작은 구멍을 파고 돈을 넣는 거야. 예를 들어 금화 한 닢을 말이지. 그리고 흙으로 구멍을 덮어. 거기에 샘물 두 통을 붓고 소금 한 줌을 위에 뿌리는 거지. 그리고 저녁에 평온하게 잠자리에 들면 돼. 어쨌든 밤새도록 금화는 싹이 나고 꽃을 피울 거야. 다음 날 아침, 해가 떴을 때 그 곳에 가면 뭘 발견하는 줄 알아? 넌 유월에 따는 좋은 이삭에 든 밀의 낱알만큼, 금화가 가득 매달린 아름다운 나무를 발견하게 될 거야."

피노키오는 아까보다 더 경탄하며 말했습니다.

"그렇다면, 자, 내가 그 땅에 내 금화 다섯 닢을 묻는다면 다음 날 아침에 몇 개의 금화를 발견한다는 거야?"

"계산은 아주 쉽지."

여우는 대답했습니다.

"손가락으로 할 수 있는 계산이야. 각 금화는 금화 오백 닢이 달린 한 송이를 만들지. 오백 닢에 다섯을 곱해 봐. 다음 날 아침에 이천오백 닢의 빛나는 금화가 네 주머니에 있을 거야."

"오, 굉장한데!"

피노키오는 신이 나서 춤을 추며 소리쳤습니다.

"금화들을 수확하자마자 이천 닢은 내가 가질 거고 나머지 오백 닢은 너희 둘에게 줄게."

"우리에게 준다고?"

여우는 상처 받은 듯한 표정을 지으며 소리쳤습니다.

"신이시여, 그런 일이 없게 하소서!'

"그런 일이 없게 하소서!"

고양이가 따라 말했습니다. 여우가 다시 말했습니다.

"우리는 값싼 이익을 위해 일하지 않아. 오로지 남들이 부자가 되게 하는 일을 하지."

"남들을 위해!"

고양이는 되풀이해서 말했습니다.

'정말 좋은 사람들이구나!'

피노키오는 속으로 그렇게 생각했습니다. 그리고 바로 그의 아빠를, 새로운 외투를, 책을, 그리고 모든 결심했던 좋은 일들을 잊어버리고는 여우와 고양이에게 말했습니다.

"당장 가자, 나랑 같이 가."

13장

〈빨간 가재〉 여관

걷고 걷고 또 걸으니, 마침내 저녁쯤에 죽을 만큼 피곤한 상태로 '빨간 가재'란 이름의 여관에 도착했습니다. 여우가 말했습니다.

"여기서 좀 쉬자. 먹을 것 좀 먹고 몇 시간 정도 쉬어야겠어. 내일 자정에 다시 떠나면 동틀 무렵쯤 기적의 땅에 도착할 거야."

여관에 들어가서 세 명 모두 한 식탁에 앉았습니다. 그러나 배고픈 사람은 아무도 없었습니다.

가여운 고양이는 위장이 너무 아파서 토마토 소스가 없어진 빨간 숭어 서른다섯 마리와 파르마산 치즈*로 요리한 소고기 내

* 파르마산 치즈: 이탈리아 북부 파르마 지역의 특산물.

장 요리를 사 인분밖에 먹지 못했습니다. 소고기 요리가 전혀 맛있어 보이지 않았기 때문에 세 번씩이나 버터와 치즈가루를 더 달라고 청하지 않을 수 없었어요!

여우 또한 음식을 조금씩 먹어야 했습니다. 의사가 여우에게 대단한 다이어트를 처방했기 때문이지요. 그래서 여우는 아주 가볍게, 살이 통통하게 찐 병아리와 어린 수탉을 곁들인 달콤하고 매운 산토끼 요리를 먹었습니다. 산토끼를 먹은 다음, 입맛을 돌게 하기 위해서 자고새, 꿩, 토끼, 개구리, 도마뱀과 감미로운 포도를 뒤섞어 놓은 음식을 가져오게 했습니다. 그리고 더 이상 먹지 못하겠다고 했어요. 여우는 음식을 보니 구역질이 나서 어떤 음식도 입에 가까이 댈 수가 없다고 말했습니다.

그 모두 중 제일 적게 먹은 것은 피노키오였습니다. 피노키오는 호두 한 조각과 빵 한 조각을 청했지만 접시에 모든 것을 남겼습니다. 계속되는 기적의 땅 생각에, 불쌍한 아이는 금화를 미리 가진 듯 먹지 않아도 먹은 것처럼 배가 불렀습니다.

식사를 마쳤을 때 여우는 여관 주인에게 말했습니다.

"우리에게 두 방을 주세요, 하나는 피노키오 님을 위한 것이고 다른 하나는 나와 내 친구을 위해서요. 출발하기 전에 우린 잠을 좀 자야 해요. 하지만 우리의 여행을 계속하기 위해서 자정에 깨워 주는 것, 기억해 주세요."

"알겠습니다. 손님들."

주인은 대답했습니다. 그리고 여우와 고양이에게 눈으로 신호를 보냈습니다. 마치 "알았어, 우린 동의한 거야!"라고 말하는 듯 했습니다.

피노키오는 침대에 눕자마자 순식간에 잠이 들어버렸습니다. 그리고 땅 중심에 있는 듯한 꿈을 꾸었습니다. 이 땅에 열매가 매달린 조그마한 나무들이 가득 있었으며 이 열매들에는 금화들이 달려 있었고 바람에 살랑살랑 움직이며 짤랑, 짤랑, 짤랑 소리를 냈지요. 거의 "원하는 사람은 따 가세요."라고 말하는 듯 했습니다. 가장 좋았던 때는 피노키오가 손을 길게 뻗어 그 아름다운 금화를 한 움큼 잡아서 주머니에 넣을 때였는데, 갑자기 방문을 세게 세 번 두드리는 소리에 잠을 깨고 말았어요. 자정이라고 피노키오에게 말해 주러 온 여관 주인이었지요.

"내 친구들은 준비가 되었나요?"

꼭두각시 인형은 식당 주인에게 물었습니다.

"다른 사람들은 준비되었고말고요! 두 사람은 두 시간 전에 떠났습니다."

"왜 그렇게 급했죠?"

"왜냐하면 고양이가 통보를 받았습니다. 그의 형이 발에 동상이 걸려 생명이 위험하다고 말이지요."

"그들이 저녁 값을 지불했나요?"

"설마요! 그분들이 예의가 워낙 바른 분들이라 고귀하신 손님을 모욕할 리 없지요."

"유감이네요. 그런 모욕은 언제든지 내겐 좋은데!"

피노키오는 머리를 긁적이며 말했습니다. 그리고 물어봤습니다.

"그 좋은 친구들이 나를 어디서 기다린다고 하나요?"

"기적의 땅에서 내일 아침 해가 뜰 쯤에요."

피노키오는 그 친구들과 먹은 저녁 값으로 금화 한 닢을 냈습니다. 그리고 출발했지요.

하지만 손으로 더듬으며 길을 가야 했습니다. 여관 밖은 여기서 저기까지도 보이지 않을 정도로 어두웠기 때문이에요. 들판 주변에서 나뭇잎 흔들리는 소리도 없었습니다. 때때로 밤새 몇 마리만 이쪽 울타리에서 저쪽 울타리로 날아가는 소리만 들렸을 뿐이예요. 새들은 날개를 퍼덕이며 피노키오의 코 앞을 지나갔습니다. 피노키오는 겁에 질려 뒷걸음질 치며 소리쳤습니다.

"거기 누가 가는 거야?"

주변 언덕의 산울림이 멀리 반복되었습니다.

"거기 누가 가는 거야? 거기 누가 가는 거야? 거기 누가 가는 거야……?"

걸어가면서 두리번거리다가 나무 그루터기에 앉아 있는 아주 작은 생명체를 보았습니다. 창백하고 불투명한 빛을 내고 있어서 마치 투명한 도자기 램프 안에 철야등처럼 보이는 존재였습니다.

"넌 누구야?"

피노키오는 그에게 물어봤습니다.

"난 말하는 귀뚜라미의 유령이야."

저쪽 세상에서 오는 듯한 희미한 목소리로, 그 작은 생명체는 대답했습니다.

"……내게 원하는 게 뭐니?"

꼭두각시 인형은 말했습니다.

"네게 충고하고 싶어. 뒤로 되돌아가. 그리고 지금 울면서 더 이상 널 볼 수 없어 절망에 빠진 가여운 아빠께 네게 남은 금화 네 닢을 갖다드려."

"내일 아빠는 큰 부자가 될 거야. 이 금화 네 닢이 이천 닢이 되기 때문이지."

"친구야, 저녁까지 부자가 되게 해 주겠다는 약속을 한 그들을 믿지 마. 그들은 미쳤거나 사기꾼이야. 내 말 들어. 빨리 돌아가."

"그러나 난 앞으로 가고 싶어."

"이미 늦은 시간이야!"

"계속 가고 싶어."

"밤이 너무 어두워."

"계속 가고 싶다고."

"길이 너무 위험해."

"난 계속 가고 싶다니까."

"말 안 듣는 아이들은 언젠간 후회한다는 것을 기억해 둬."

"똑같은 이야기야. 잘 자. 귀뚜라미."

"잘 자, 피노키오, 하늘이 이슬과 살인자들로부터 널 지켜주길."

이 마지막 말을 하자마자, 말하는 귀뚜라미는 위에서 불어 꺼지는 불빛처럼 사라졌습니다. 그리고 길은 전보다 더 어두워졌습니다.

14장

말하는 귀뚜라미의 충고를 듣지 않은 피노키오는
강도를 만나요.

여행을 다시 시작한 피노키오는 혼잣말을 했습니다.

"정말이지, 불쌍한 우리 아이들은 정말 불행해! 모두 우리에게 잔소리하고 나무라고 충고를 주는구나. 그렇게 말들 하면서 자기들이 마치 나의 아빠, 선생님이 된 것처럼 군단 말이지. 말하는 귀뚜라미를 포함해서 모두 다. 바로 이 때문에 그 귀찮게 하는 귀뚜라미의 말을 난 듣고 싶지 않은 거야. 귀뚜라미 생각에 내게 얼마나 많은 불행한 일들이 일어날지 누가 알겠냐고! 정말 강도도 만날 수도 있어. 다행히도 난 강도를 믿지도 않고 믿은 적도 없어. 왜냐면 그건 강도는 밤에 밖으로 놀러가려는 아이들에게 겁을 주기 위해서 아빠들이 만들어낸 얘기거든. 그리고 이 길에서 강도를 만난다 해도 내가 두려워할 것 같아? 꿈도 꾸지 말라고 해! 난 그들에게 정면으로 가서 소리칠 거야, '어이, 강도

놈들, 내게 원하는 게 뭐야? 내게 장난칠 생각 하지도 마! 자, 이제 알아서들 사라져 줘, 조용히 하고!' 이런 말들을 무섭게 하고 나면, 그 불쌍한 강도들은 날 보고 덜덜 떨며 바람처럼 사라질 거야. 그리고 도망칠 생각도 못할 정도로 상식 없는 자들일 경우, 내가 도망치면 되지. 그러면 상황 끝……."

그러나 피노키오는 생각을 다 끝낼 수가 없었습니다. 그 순간에 자기 뒤에서 바스락 하고 낙엽 밟는 소리가 들렸기 때문입니다. 무엇인지 보려고 몸을 돌리니 어두움 속에서 검은 형체 두 개가 보였습니다. 그들은 석탄을 담는 주머니를 얼굴에 뒤집어 쓰고 있었는데, 발끝으로 슬금슬금 피노키오의 뒤를 밟고 있었던 것입니다. 마치 두 유령 같았지요. 피노키오는 순간 속으로 생각했습니다.

'정말 뭔가 있었네!'

피노키오는 금화 네 닢을 어디에다 숨겨야 할지 몰라 당황하다가, 입 안에 숨겼습니다. 정확하게 말하자면 혀 아래에 말이죠. 그리고 도망치려고 했습니다. 그러나 첫 발을 떼기도 전에 두 팔이 억센 손에 붙잡히는 것을 느꼈지요. 낮고 음산한 두 목소리가 동시에 피노키오에게 말했습니다.

"돈 내놔. 죽기 싫으면!"

피노키오는 입 안에 동전이 있었기 때문에 아무 말도 할 수 없었습니다. 그래서 수없이 이마에 손을 대고 인사하고 손짓 발짓 하며 주머니에 뚫린 구멍을 통해 두 눈만 보이는, 우연히 만난 그 두 강도에게 무언가를 말하려고 했지요. '나는 가난한 꼭두각시 인형이고 가짜 동전조차도 주머니에 없다'는 뜻으로 말이죠.

"정신 사나워! 그만하고 돈 내놔!"

두 약탈자들은 화를 내며 윽박질렀습니다.

그러자 꼭두각시 인형은 머리와 손으로 '정말 아무것도 없어요'라고 말하듯 표시하였지요.

"돈 내놔. 안 그럼 죽어."

키가 더 큰 강도가 말했습니다.

"죽어!"

다른 강도는 따라서 말했지요.

"널 죽인 다음에 네 아빠도 죽일 거야!"

"네 아빠도 말이야!"

"안돼, 제발, 불쌍한 아빠는 안돼!"

피노키오는 어쩔 줄 몰라 하며 소리쳤습니다. 그러나 그렇게 소리친 나머지, 금화들이 입 안에서 소리를 냈습니다.

"이 못된 놈! 그렇지, 혀 아래에 돈을 숨겼지? 당장 뱉어!"

"너 귀머거리냐? 어쨌든 각오해, 우리가 그 돈을 토해내게 할 테니까!"

실제로, 그들 중 하나는 피노키오의 코끝을 움켜잡고 다른 하나는 피노키오의 턱을 꽉 잡았습니다. 그리고 하나는 이쪽으로, 다른 하나는 반대 방향으로 거칠게 당겨 억지로 입을 벌리게 하였습니다. 하지만 꿈쩍도 하지 않았습니다. 꼭두각시 인형의 입은 못으로 박고 조인 듯 했습니다.

더 작은 강도는 커다란 칼을 꺼내더니 지레와 끌을 사용하는 것처럼 피노키오 입술을 벌려 고정시키려고 했습니다.

그러나 피노키오는 전광처럼 빠르게 이빨로 그 손을 물어 뜯었습니다. 그리고 손을 내뱉었는데 땅에 내뱉은 손이 고양이의 발이였다는 것을 알았을 때 피노키오가 얼마나 기가 막혔는지 상상해 보세요.

이 첫 승리로 용기를 얻은 피노키오는 강도들의 손에서 가까스로 벗어났습니다. 길의 울타리를 넘고 들판으로 도망치기 시작했지요. 강도들은 피노키오의 뒤를 쫓아왔습니다. 마치 개 두 마리가 산토끼 뒤를 쫓는 것처럼 말이죠. 한 발을 잃어버린 강도는 발 하나로 뛰었습니다. 어떻게 그렇게 할 수 있었는지 모르겠지만…….

한 십오 킬로미터 정도 뛰고 나서 피노키오는 더 이상 뛸 수 없었습니다. 그래서 급한 마음에 아주 높은 솔나무 위로 올라가 맨 꼭대기에 있는 가지에 앉았습니다. 강도들도 기어오르려고 했지요. 그러나 고목의 중간쯤 도달했을 때 미끄러졌고 땅에 떨어졌습니다. 결국 손과 발의 껍질이 다 벗겨졌지요.

이것으로 살았다고는 말할 수 없지요. 오히려 그들은 솔 아래에 마른 나무 묶음을 주워서 불을 붙였습니다. 솔은 빠르게 불 타기 시작했고 점점 거세졌습니다. 불꽃이 점점 더 올라오는 것을 본 피노키오는 가만히 있다간 비둘기 구이처럼 구워질 것 같아 나무 꼭대기에서 몸을 날려 떨어졌고 들판과 밭을 향해서 다시 뛰기 시작했지요. 강도들도 포기하지 않고 계속해서 뒤쫓아 왔습니다.

시간이 흘러 날이 밝아오기 시작했습니다. 그들은 계속 쫓고 쫓기며 뛰었습니다. 그러다 갑자기 피노키오는 한 발자국도 못 가게 하는 아주 깊고 넓은 웅덩이를 발견했습니다. 웅덩이는 흙탕물로 가득했습니다. 어떻게 하지? 힘차게 달려서 뛰어오르며 "하나, 둘, 셋!" 꼭두각시는 소리쳤습니다. 그리고 강도들도 뒤질세라 뛰어올랐지요. 하지만 거리를 잘 재지 못해서 풍덩! 하고 웅덩이 속으로 빠졌습니다. 피노키오는 물에 빠지는 소리와 물 튀는 소리를 들었습니다. 그리고 계속 뛰면서 웃으며 외쳤습니다.

"수영이나 잘 해봐요, 강도님들!"

피노키오는 허우적거리는 것을 상상했지만 그들을 보려고 뒤돌았을 때 바로 뒤에서 두 강도가 주머니를 머리에 쓰고 밑바닥이 빠진 빨래 바구니처럼 물을 줄줄 흘리며 뒤따라오고 있다는 것을 알았습니다.

15장

강도들은 피노키오를 뒤쫓아 붙잡은 후에
커다란 떡갈나무에 매달아요.

꼭두각시 인형은 희망을 잃어버리고 땅에 털썩 주저앉아서 항복하려고 했습니다. 그러다 주위를 둘러보았을 때 짙은 초록색 나무들 사이로 멀리 눈처럼 하얀 작은 집 하나가 하얗게 빛나고 있는 것을 보았습니다.

'만약에 내가 힘을 다해서 저 집까지 도착할 수만 있다면 살 수 있을지도 몰라!'

속으로 혼잣말하고 조금도 망설임 없이 드넓게 펼쳐진 숲으로 달리기 시작했습니다. 강도들 역시 지치지도 않고 계속해서 뒤를 따라왔습니다. 거의 두 시간 정도 미친 듯이 달렸고 숨을 헐떡거리며 마침내 그 집 문앞에 도착했습니다. 그리고 다급하게 문을 두드렸지만 아무도 대답하지 않았습니다.

피노키오는 다시 아주 세게 문을 두드렸습니다. 뒤따르는 발자국 소리와 커다랗고 숨가쁜 소리가 점점 가까이 들렸기 때문이에요. 하지만 여전히 인기척이 없었습니다.

문을 두드려 봐야 아무 소용이 없다는 것을 깨닫고 자포자기식으로 문을 발로 차고 머리를 쿵쿵 박아댔더니 아름다운 소녀가 창문에 얼굴을 살짝 내밀었습니다. 짙은 파란 머리카락과 양초처럼 하얀 얼굴을 한 소녀는 눈을 감고 가슴 위로 양손을 포개고 있었으며, 입술을 조금도 움직이지 않고서 다른 세상에서 들

려오는 듯한 작은 목소리로 말했습니다.

"이 집에는 아무도 없습니다. 모두 죽었어요."

"네가 문을 열어주면 되잖아!"

피노키오는 울며불며 애원했습니다.

"나도 죽었어."

"죽었다고? 근데 창가에서 뭐하고 있는 거야?"

"나를 실어 데려갈 관을 기다리고 있어."

이렇게 말하고 소녀는 곧바로 사라졌습니다. 그리고 소리 없이 창문이 다시 닫혔습니다.

피노키오는 절박하게 소리쳤습니다.

"오! 아름다운 파란 머리 소녀야! 제발 문 좀 열어줘. 강도들에게 쫓기는 이 불쌍한 아이를 가엾게 여겨 줘……."

그러나 피노키오는 미처 말을 끝내지 못했습니다. 위협적으로 으르렁거리는 두 목소리가 귓가에서 들리는 것을 느꼈기 때문입니다.

"이제 더 이상 도망치지 못할걸!"

피노키오는 이제 죽었구나 싶어 덜덜 떨었습니다. 너무 심하게 떨어서 나무로 된 다리의 관절에서 소리가 나고 혀 아래에 숨겨둔 금화 네 닢에서까지 소리가 날 지경이었습니다.

강도들은 피노키오를 윽박질렀습니다.

"자, 입 벌릴 거야 말 거야? 대답 안해? 그래 어디 그렇게 해봐라. 우리가 네 입을 벌려 주지!"

두 강도는 아주 길고 면도칼처럼 날이 선 칼을 꺼냈습니다. 그리고 푹, 푹, 두 번 피노키오의 허리를 찔렀습니다.

그러나 꼭두각시 인형은 다행히 아주 단단한 나무로 만들어졌지요. 그래서 오히려 칼날이 부러지고 산산조각이 나고 말았습니다. 두 강도들은 칼자루만 쥐고서 서로의 얼굴을 멍하니 마주 보았습니다. 그러다 둘 중 하나가 말했습니다.

"좋아. 저 녀석 목을 매달아야겠어. 저 녀석을 당장 매달아 버리자구!"

"매달아 버리자!"

다른 하나가 따라 말했습니다.

이렇게 말하고 피노키오의 두 손을 등 뒤로 묶고 올가미를 만

들어 목 주변에 건 다음, 피노키오를 '커다란 떡갈나무'라고 불리는 큰 나무의 가지에 대롱대롱 매달았습니다.

그리고 강도들은 나무 아래에 있는 풀밭에 앉아서 꼭두각시 인형이 마지막 발버둥을 치고 죽기를 기다렸습니다. 그러나 세 시간 후에도 꼭두각시 인형은 여전히 입을 꾹 다물고 눈을 뜨고 있었으며 전혀 발버둥 치지 않았습니다.

결국, 기다리다 지친 강도들은 피노키오를 노려보며 비아냥댔습니다.

"안녕, 내일 보자구. 내일 우리가 여기에 돌아왔을 때, 입을 벌리고 멋지게 죽은 널 볼 수 있게 부디 호의를 베풀어 주길 바라."

그렇게 강도들이 떠나간 후, 맹렬한 바람이 산을 넘어서 일었습니다. 바람은 성난 듯 윙윙 소리 내 불며 목매달린 불쌍한 피노키오를 획획 흔들어 댔습니다. 피노키오는 축제에서 울리는 종의 추처럼 격렬하게 흔들거렸습니다. 그 흔들림에 격심한 발작을 일으키자 올가미가 점점 더 목을 죄어왔고 피노키오는 숨을 쉴 수 없었습니다.

조금씩 조금씩, 눈이 흐릿해졌습니다. 죽음이 가까이 다가왔다는 것을 느꼈지만, 어떤 자비로운 영혼이 자신에게 도움을 줄 수 있을지도 모른다는 희망을 놓지 못했습니다. 하지만 기다리고 또 기다려도 어느 누구도, 정말 어느 누구도 나타나지 않았습니다. 그러자 피노키오 머릿속에 불쌍한 아빠가 생각났습니다. 그리고 거의 죽을 것만 같은 상황에서 중얼거렸습니다.

"오, 아빠! 우리 아빠가 여기 있었다면……!"

그러고는 힘이 다 빠져 버렸습니다. 피노키오는 눈을 감고 입을 벌린 채 두 다리를 쭉 뻗었습니다. 그리고 크게 한번 버둥거린 다음, 얼음처럼 굳어 버리고 말았습니다.

16장

짙은 파란머리의 아름다운 소녀는 꼭두각시 인형을
데리고 갑니다. 피노키오를 침대에 눕히고 피노키오가 살았는지
죽었는지 알기 위해 세 명의 의사를 부릅니다.

강도들에 의해 커다란 떡갈나무에 목매달린 가여운 피노키오는 이제는 살아 있다기보다도 죽은 것 같았어요. 짙은 파란 머리칼의 아름다운 소녀는 다시 한 번 창가에 얼굴을 내밀었습니다. 산을 타고 넘어오는 거친 바람에 목매달린 채 춤을 추듯 흔들리는 피노키오를 보고 너무나 가엾다고 생각했지요. 그 순간 소녀는 손뼉을 세 번 치고 세 번 발을 굴렀습니다. 이 신호에 급히 날아오르며 힘껏 날갯짓하는 요란한 소리가 들렸습니다. 그리고 커다란 매 한 마리가 창문의 창턱에 날아와 앉았습니다.

"무슨 명령하실 일이 있으신가요, 나의 자애로우신 요정님?"

매는 경의를 표한다는 뜻으로

부리를 아래로 내리며 말을 했어요. (알아두어야 할 것이 있습니다. 사실 짙은 파란 머리의 소녀는 그 숲 속에서 천 년이 넘게 살고 있는, 아주 마음씨 착한 요정이었어요.)

"커다란 떡갈나무의 가지에 대롱대롱 매달린 저 꼭두각시 인형이 보이니?"

"네, 보입니다."

"자, 빨리 저 아래로 날아가라. 네 강한 부리로 꼭두각시 인형을 허공에 매단 매듭을 끊어서 떡갈나무 아래 풀밭에 조심스럽게 내려 눕히거라."

매는 날아갔고 잠시 후 돌아왔습니다. 그리고 말했습니다.

"명령하신 대로 했습니다."

"그 아이는 어떻더냐? 살아 있니 아님 죽었니?"

"그를 보았을 땐 죽은 듯 보였습니다. 그러나 자세히 보니 죽진 않았었던 듯 합니다. 제가 목 주위를 조인 올가미를 풀자마자 작은 목소리로 '이제야 좀 낫네!' 하고 중얼거리며 한숨을 내쉬었습니다."

그러자 요정은 두 손을 치면서 발을 두 번 살짝 굴렀습니다. 그러자 뒷발로 꼿꼿이 서서, 마치 사람처럼 걸어 다니는 당당한 푸들 한 마리가 나타났습니다. 푸들은 프릴이 달린 마부의 제복을 입고 머리에는 세 점의 금으로 장식한 작은 삼각모를 쓰고 있었습니다. 목까지 아래로 내려오는 곱슬거리는 하얀색 가발을 쓰고, 다이아몬드 단추가 달린 데다 주인님이 그에게 주는 뼈를 넣어 다닐 수 있는 커다란 주머니가 달린 초코렛 색의 윗옷을 입고 있었습니다. 거기에 주홍색 벨벳의 짧은 바지를 입고 비단 양말, 끈 없이 뒷굽이 높은 구두를 신었는데 비가 오기 시작할 때 꼬리를 안에 넣을 수 있도록 우산 대용으로 쓰는 파란 공단 주머니가 뒷 부분에 덮개 비슷하게 달려 있었습니다.

"서둘러라, 메도로!"

요정이 푸들에게 말했습니다.

"빨리 내 마굿간에서 가장 아름다운 마차를 타고 숲의 길로 달려라. 커다란 떡갈나무 아래에 도착하면 풀밭 위에 거의 죽어가는 가여운 꼭두각시 인형이 누워 있을 거야. 살짝 들어올려 마차의 방석에 조심조심 눕혀서 이리로 데려와라. 알겠니?"

푸들은 알았다는 표시로 뒤에 달린 파란 공단의 덮개를 서너 번 흔들고 경주마처럼 뛰어나갔습니다. 그리고 얼마 지나지 않아서, 하늘색의 아름다운 마차가 마굿간에서 나가는 것이 보였습니다. 카나리아 깃털로 모든 방석을 채웠고 거품을 낸 크림과 사보이아드리 비스켓*의 크림으로 내부에 안감을 댄 마차였지요. 하얀 생쥐 백 쌍이 마차를 끌고 마부석에 앉은 푸들은 오른

* 이탈리아의 단 음식을 만드는 재료

쪽 왼쪽으로 채찍을 휘둘러 댔습니다. 늦을까 봐 두려워 안달난 마부처럼 말이죠.

십오 분이 채 되지 않아, 마차는 돌아왔습니다. 기다리고 있던 요정은 집에서 나와 불쌍한 꼭두각시 인형의 목을 받쳐 안고 진주층*의 벽으로 된 작은 방으로 데리고 갔지요. 그리고 근처의 가장 유명한 의사들을 불러오게 했습니다. 잠시 후 의사들이 차례로 도착했지요. 도착한 의사들은 까마귀, 올빼미, 그리고 말하는 귀뚜라미였습니다.

* 조개 내부의 백색층으로 단추 등의 장식품을 만드는 재료

"선생님들의 소견을 알고 싶습니다."

피노키오의 침대 둘레에 모인 세 의사들을 돌아보며 요정이 말했습니다.

"이 불쌍한 꼭두각시 인형이 살았는지 죽었는지를 정말 알고 싶어요!"

이 말에, 까마귀가 가장 먼저 앞으로 나가더니 피노키오의 팔목을 짚었습니다. 그리고 코를 만지고 다시 새끼발가락을 만져 보았습니다. 그렇게 진찰을 하더니 엄숙하게 말했습니다.

"제 소견으로는 꼭두각시 인형은 죽었습니다. 그러나 만약 죽은 게 아니라면 아마도 살아 있다는 확실한 징후겠지요!"

"유감이지만……."

올빼미가 말했습니다.

"저는 내 저명한 친구이자 동료인 까마귀 선생과는 반대의 입장입니다. 제 생각에 이 인형은 살아 있습니다. 그러나 만약 살아 있는 게 아니라면 정말로 죽었다는 표시겠지요."

"선생님은 아무 말씀 안하세요?"

잠자코 있던 요정이 말하는 귀뚜라미에게 물었습니다.

"무슨 말을 해야 할지 모를 때, 신중한 의사가 할 수 있는 가장 좋은 것은 조용히 있는 것이라고 말하고 싶군요. 저기에 있는 저 꼭두각시 인형은 제게는 새로운 얼굴도 아니예요. 알고 지낸 지 좀 됐지요!"

지금까지 진짜 나무토막처럼 꼼짝도 하지 않았던 피노키오는 침대 전체가 흔들릴 정도로 경련을 일으켰습니다. 말하는 귀뚜라미는 계속해서 말했어요.

"저 꼭두각시 인형은 이름난 말썽꾸러기예요."

피노키오는 눈을 뜨자마자 바로 다시 눈을 감았습니다.

"그는 못된 말썽꾸러기이며 게으름뱅이에 도망치는 아이지요."

피노키오는 이불 아래로 얼굴을 숨겼습니다.

"저기에 있는 저 꼭두각시 인형은 말을 듣지 않는 아들이어서, 그의 불쌍한 아빠를 속이 타서 죽게 만들 겁니다!"

이 순간, 방 안에서 숨죽여 흐느끼는 소리가 들렸습니다. 이불을 살짝 들었을 때 흐느끼는 것이 피노키오라는 사실을 알고는 그들이 얼마나 놀랐을지 상상해 보세요.

"죽은 자가 울다니……. 회복되고 있다는 징후군요."

까마귀는 엄중하게 말했습니다. 올빼미는 덧붙여 말했습니다.

"저는 내 저명한 친구이자 동료와는 다른 소견이 있습니다. 죽은 자가 우는 건 죽기 싫다는 표시지요."

17장

피노키오는 사탕을 먹고는 약은 먹기 싫어합니다.
하지만 장의사들이 그를 데리러 오고 있는 것을 보자
결국 약을 먹고는 또 거짓말을 합니다.
그러자 그 벌로 코가 길어집니다.

세 명의 의사가 방에서 나오자 요정은 피노키오에게 다가갔습니다. 그리고 이마를 만져 본 후 피노키오가 엄청난 고열 때문에 심하게 괴로워하는 것을 알았습니다. 요정은 물컵 반 정도의 물에 하얀 가루를 녹여서 꼭두각시 인형에게 내밀었습니다. 그리고 다정하게 말했지요.

"이걸 마셔, 그럼 며칠 안에 나을 거야."

피노키오는 컵을 바라보더니 입을 삐쭉거리며 울먹이는 소리로 물었습니다.

"달아요 써요?"

"쓰지. 하지만 몸에 좋을 거야."

"쓰다면 마시기 싫어요."

"내 말 들어, 얼른 마셔."

“난 쓴 거 싫어해요.”

“이거 마시면 입가심으로 사탕 하나를 줄게.”

“사탕이 어디 있어요?”

“여기 있지.”

요정은 금으로 만든 사탕 그릇에서 사탕 하나를 꺼냈습니다.

“먼저 사탕 하나 먹고 저 쓴 물을 마실래요.”

“약속하니?”

“예…….”

요정은 피노키오에게 사탕을 주었습니다. 피노키오는 사탕을 와그작와그작 먹은 후 단숨에 삼켜 버리고 입술을 핥으며 말했습니다.

“사탕이 약이면 얼마나 좋을까! 그럼 매일매일 약을 먹을 텐데."

"이제 약속을 지켜야지, 이 물 마시렴. 네 건강에 좋을 거야."

피노키오는 억지로 손에 컵을 받아들고 코끝을 컵 안에 넣어 보았습니다. 그리고 입을 컵에 대었다가 바로 코끝을 넣어 보고는 곧바로 말했습니다.

"너무 써요! 너무 써요! 못 마시겠어요."

"맛을 보지도 않고 어떻게 쓰다고 말하는 거니?"

"당연히 알죠! 냄새로 알 수 있어요. 먼저 사탕 하나를 더 먹고 싶어요. 그 다음에 마실래요."

그러자 요정은 좋은 엄마처럼 참을성을 가지고 사탕 하나를 더 입에 넣어 주었습니다. 그런 후 다시 컵을 내밀었습니다.

"이렇게는 못 마시겠어요!"

꼭두각시 인형은 얼굴을 찡그리며 말했습니다.

"왜?"

"저 아래 발 위에 있는 저 베개 때문에 짜증 난단 말이에요."

요정은 베개를 치웠습니다.

"소용없어요! 그렇게 해도 못 마시겠어요."

"또 무엇 때문에?"

"저 반쯤 열린 방문 때문에 짜증 나니까요."

요정은 가서 방문을 닫았습니다.

피노키오는 울음을 터트리며 소리쳤습니다.

"어쨌든, 이 쓴 물은 마시기 싫어요, 싫어요, 싫어요, 싫어요!"

"피노키오야, 너 후회할 거야."
"상관없어요."
"넌 큰 병에 걸렸어."
"상관없단 말이에요!"
"그럼 몇 시간 후면 열 때문에 죽고 말 거야."
"상관없다니까요?"
"무섭지 않니?"
"전혀 무섭지 않아요! 저 쓴 약을 먹느니 차라리 죽을래요!"
그때 방문이 활짝 열리더니 잉크처럼 검은 토끼 네 마리가 안으로 들어왔습니다. 어깨에 죽은 사람을 넣을 작은 관을 메고 말이죠.
"내, 내게 뭘 원하는 거야?"
피노키오는 완전히 겁을 먹고는 침대에서 벌떡 일어나 앉으며 소리쳤습니다.
"우리는 널 데리러 왔어."
제일 큰 토끼가 대답했습니다.
"날 데리러? 근데 난 아직 안 죽었다고!"
"물론 아직은 아니야. 그러나 네 열을 낫게 할 수 있는 약을 마시지 않는다면 네 생명은 몇 분 안 남았어!"
그러자 꼭두각시 인형은 소리 지르기 시작했습니다.
"오, 요정님, 나의 요정님! 당장 저 컵을 주세요. 부탁인데 제발 너희들은 얼른 떠나줘. 난 죽고 싶지 않아, 정말이지 죽고 싶지 않다고!"

그리고 두 손으로 컵을 받아들고 단숨에 비웠습니다.

"할 수 없군! 이번엔 우리가 헛걸음을 했군."

토끼들이 말했습니다. 그리고 다시 작은 관을 어깨에 메고 툴툴거리며 웅얼웅얼 작은 소리로 불평을 남겨 놓고는 방에서 나갔습니다.

그렇게 하고 난 몇 분 뒤, 피노키오는 침대에서 아래로 펄쩍 뛰어 내렸습니다. 완전히 다 나았지요. 나무로 만든 꼭두각시 인형은 아픈 일도 드물지만 아프다가도 아주 빨리 낫는다는 사실을 알아야 해요.

요정은 피노키오가 새벽을 맞이하는 수탉처럼 활기차고 쾌활하게 뛰어다니며 장난치는 것을 보면서 말했습니다.

"자, 내 약이 잘 듣지, 그렇지?"

"정말이에요! 세상에 다시 태어난 느낌이에요!"

"그런데 왜 약을 마시라고 여러 번 부탁하게 만들었지?"

"우리 아이들은 다 이래요! 아픈 것보다 약을 훨씬 더 무서워한다고요."

"부끄러운 줄 알아야지. 제 시간에 좋은 약을 먹는 것이 병을 낫게 할 수도 있고 또 죽지 않게 할 수 있다는 것을 아이들도 꼭 알아야 해."

"네! 다음부터는 여러 번 부탁하게 만들지 않겠습니다. 어깨에 관을 메고 있던 그 토끼들을 기억할 거예요. 그리고 바로 손에 컵을 들고 벌컥벌컥 쭈욱!"

"이제 이리 좀 오렴. 그리고 이야기해 봐. 어떻게 강도들한테 붙잡히게 되었는지."

"있잖아요. 꼭두각시 인형들을 부리는 만자후오코가 내게 금화 다섯 닢을 주면서 말했지요. '자, 네 아빠에게 갖다 드려라!' 그런데 길에서 여우와 고양이를 만났어요. 두 사람은 정말 좋은 사람들이라서 내게 이렇게 말했죠. '동전 천 개, 또 이천 개를 만들고 싶니? 우리랑 같이 가자. 기적의 땅으로 널 안내해 줄게.' 그래서 난 '그래, 가자.' 그랬고요. 그들은 '여기 빨간 가재 여관에서 좀 쉬다가 자정이 지난 후 다시 출발하자.' 라고 했는데 내가 일어났을 땐 그들은 없었어요. 왜냐면 벌써 떠났으니까요. 그래서 난 밤에 걷기 시작했어요. 앞이 보이지 않을 정도로 캄캄했죠. 그러다 길에서 석탄 주머니를 뒤집어쓴 강도 두 명을 만난 거지요. 그들이 말했어요. '돈 내놔!' 그래서 '돈 없는데요.' 하면서 금화를 입 안에 숨기고 있었어요. 그걸 알아챈 둘 중 한 강도가 입에 손을 넣으려 해서 손을 물어뜯었어요. 그리고 내뱉었죠. 그런데 내뱉은 손이 고양이 발이었어요! 강도들은 내 뒤를 따라왔고, 난 달리고, 여기까지 달리는 동안 그들이 나를 잡아챘어요. 그러고는 날 이 숲의 나무에 매단 뒤 말했어요. '내일 여기로 돌아오겠어. 그럼 넌 죽어 있겠지. 입을 벌린 채로 말이야. 그럼 우린 혀 아래에 숨긴 금화를 가지고 갈 거다.'"

"그럼 지금 금화 네 닢은 어디에 두었니?"

요정이 물어봤습니다.

"잃어버렸어요!"

피노키오는 대답했습니다. 그러나 거짓말이었지요. 금화는 주머니에 있었거든요. 그가 거짓말을 하자 이미 긴 코가 순식간에 두 손가락만큼 더 길어졌습니다.

"어디서 잃어버렸는데?"

"이 근처 숲이요."

두 번째 거짓말을 하자 코는 또다시 길어졌습니다. 요정이 말했습니다.

"이 근처 숲에서 잃어버렸다면 찾을 수 있을 거야. 이 근처 숲에서 잃어버린 모든 것은 다 찾았으니까."

"아! 지금 생각하니 금화 네 닢을 잃어버리지 않았어요. 약을 마시면서 나도 모르게 금화를 삼켜버렸네요."

피노키오는 거짓말로 대답했습니다. 세 번째 거짓말을 하자 코는 정말 놀랄 정도로 길어졌습니다. 가여운 피노키오는 고개를 돌릴 수가 없었습니다. 여기로 돌리면 코가 침대로, 혹은 창문의 유리로 이리저리 부딪혔습니다. 저쪽으로 돌리면 코는 벽으로 방문으로 부딪혔고요. 머리를 위로 조금 올리면 코가 요정의 눈을 찌르려 했습니다. 요정은 피노키오를 보며 웃었습니다.

"왜 웃으세요?"

꼭두각시 인형은 눈에 띄게 길어진 코 때문에 당황하며 물었습니다.

“네 거짓말 때문에 웃지.”

“어떻게 제가 거짓말하는지 아셨죠?”

“아이야, 거짓말은 당장 알 수 있어. 거짓말에는 두 가지 종류가 있거든. 하나는 다리가 짧아지는 거고 다른 하나는 코가 길어지는 거야. 네 경우에는 코가 길어지는 거짓말이구나.”

피노키오는 몸둘 바를 모를 정도로 부끄러워서 방에서 나가 도망치려고 했습니다. 그러나 그렇게 할 수 없었죠. 문을 지나갈 수 없을 정도로 코가 너무 길어졌습니다.

18장

피노키오는 여우와 고양이를 다시 만나고
그들과 함께 기적의 땅으로 금화 네 닢을 심으러 갑니다.

여러분도 상상할 수 있을 거예요. 요정은 꼭두각시가 방문을 빠져나갈 수 없을 정도로 길어진 그의 코 때문에 삼십 분이나 울며불며 소리쳐도 내버려 두었습니다. 그리고 피노키오에게 거짓말하는 나쁜 습관, 아이들이 가질 수 있는 제일 나쁜 습관을 고치기 위해 호되게 혼내주려 했지요. 하지만 너무 괴로운 나머지 이마에서 눈이 튀어나올 정도로 변해버린 피노키오를 보고 요정은 그만 동정심이 생겼습니다. 그래서 손뼉을 쳤고 그 신호에 창문에서 수천 마리의 딱따구리들이 방 안으로 들어왔습니다. 그 새들은 피노키오 코 위에 앉아서 코를 쪼고 또 쪼아 대기 시작했습니다. 그러더니 얼마 후 그 크고 부자연스러운 코는 정말 자연스러운 크기로 줄어들었습니다.

피노키오는 눈물을 닦으며 말했습니다.

"나의 요정님, 당신은 정말 좋으신 분이세요. 정말 사랑해요!"

요정은 대답했습니다.

"나도 널 사랑한단다. 네가 여기서 나랑 같이 지내길 원한다면 넌 내 동생이 되고 난 네 좋은 누나가 될 텐데 말야."

"전 정말 그러고 싶은데……. 내 불쌍한 아빠는 어떡해요?"

"내가 다 생각해 놓았단다. 네 아빠는 이미 소식을 받았지. 밤이 되기 전에 이리로 오실 거야."

피노키오는 기쁘게 뛰면서 소리쳤습니다.

"정말요? 그럼 요정님, 괜찮으시다면 아빠를 마중 나가고 싶어요! 나 때문에 고생만 한 불쌍한 아빠께 뽀뽀라도 해드리고 싶거든요!"

"그래, 가거라. 그러나 길을 잃어버리지 않게 주의하렴. 숲의 길을 따라가. 그럼 분명히 아빠를 만나게 될 거야."

피노키오는 길을 떠났고 숲에 들어가자마자 노루처럼 달리기 시작했습니다. 그러나 커다란 떡갈나무 앞에 거의 다 도착했을 쯤에 멈췄습니다. 나무잎 사이에서 인기척을 느꼈기 때문이예요. 진짜로 길에서 누군가가 나타나는 게 보였습니다. 누구였을까요? 여우와 고양이, 그러니까 붉은 가재 여관에서 저녁을 함께 먹은 두 동무였지요.

"아니, 우리 친구 피노키오네!"

여우가 피노키오를 얼싸안고 입을 맞추며 소리쳤습니다.

"그런데 여긴 무슨 일로?"

"여긴 무슨 일로?"

고양이가 따라 말했습니다. 꼭두각시 인형이 말했습니다.

"말하자면 너무 길고 나중에 편할 때 이야기해 줄게. 그런데 지난 밤 너희들이 여관에 날 혼자 남기고 떠났을 때 난 길에서 두 강도를 만났어!"

"강도를? 오, 불쌍한 내 친구! 근데 그들은 뭘 원한 거지?"

"그들은 내 금화를 훔치려고 했어."

"나쁜 놈들!"

여우는 말했습니다.

"아주 나쁜 놈들!"

고양이는 따라 말했습니다. 꼭두각시 인형은 계속해서 이야기했지요.

"하지만 난 도망치기 시작했고 그들은 날 잡을 때까지 뒤에서 쫓아왔어. 그리고 날 저 떡갈나무 가지에 목매달았어."

그리고 피노키오는 가까이에 있는 커다란 떡갈나무를 가리켰습니다.

"이런 나쁜 놈들을 보았나? 도대체 우린 어떤 세상에서 살고 있는 거야! 우리처럼 착한 사람들은 도대체 어느 곳으로 가야 안전한 거지?"

이런 말들을 하고 있는 동안, 피노키오는 고양이가 오른쪽 앞다리를 절고 있다는 것을 알았습니다. 발톱을 포함한 오른쪽 발 전체가 없었기 때문이죠. 그래서 고양이에게 물었습니다.

"네 발은 어떻게 된 거야?"

고양이는 대답하려 했지만 뭐라 할지 망설였지요. 그러자 여우는 재빨리 말했습니다.

"내 친구는 너무 겸손해서 탈이야. 그래서 대답을 못하는군. 이 친구를 위해 내가 대신 이야기하지. 사실 한 시간 전쯤 길에서 늙은 늑대를 만났어. 배가 고파 쓰러질 지경이라며 우리에게 먹을 것을 구걸하더라구. 그에게 줄 생선 가시조차도 우리에겐 없었지. 그때 정말로 체사레*의 마음을 가진 내 친구가 어떻게 했는 줄 아니? 이로 그의 앞발을 물어뜯어서 그 불쌍한 짐승에게 던져 주었어. 늑대가 굶지 않게 말이지."

이렇게 말하면서 여우는 눈물을 닦았습니다. 피노키오는 그와 같이 감동하여 고양이에게 가까이 가서 귀에다 속삭였습니다.

"모든 고양이들이 너와 같다면 쥐들은 복 받은 걸 텐데!"

"근데 지금 이곳에서 뭐하니?"

여우는 꼭두각시 인형에게 물어보았습니다.

"우리 아빠를 기다려. 곧 여기 도착하실 거야."

"네 금화들은?"

"항상 내 주머니에 있지. 붉은 가재 여관에서의 한 닢을 빼고 말이지."

"내일이면 네 닢에서 천 닢, 이천 닢이 될 수 있다고 생각해 봐! 왜 내 충고대로 하지 않았니? 왜 기적의 땅에 금화를 심으러 가지 않은 거야?"

"오늘은 안되고 다른 날 너희에게로 갈게."

"다른 날 가면 늦어!"

여우가 말했습니다.

"왜?"

* 체사레는 이탈리아어 식의 발음. 율리우스 카이사르를 의미한다.
그는 고대 로마의 정치가이자 군인이였으며 작가이기도 했다.

"그 땅은 큰 부자에게 팔렸지. 그리고 내일부터 거기에 어느 누구도 돈을 심을 수 없을 거야."

"여기서 기적의 땅까지 거리가 얼마나 되는데?"

"이 킬로미터 정도. 우리와 함께 가지 않을래? 삼십 분 후면 거기 도착할 거야. 바로 금화 네 닢을 심고 몇 분 후면 이천 닢을 딸 수 있어. 오늘 저녁이면 주머니에 가득 금화를 넣고 이곳으로 돌아올 수 있는데. 같이 갈래?"

피노키오는 잠시 머뭇거렸습니다. 머릿 속에 착한 요정님, 제페토 할아버지와 말하는 귀뚜라미의 경고가 생각났기 때문이에요. 그러나 결국 모든 아이들이 그러는 것처럼, 그는 조금의 분별력이나 양심도 없이 행동하고야 말았습니다. 결국 머리를 끄덕이며 여우와 고양이에게 말한 것이지요.

"그래, 가자. 너희랑 함께 가겠어."

그리고 함께 떠났습니다. 그렇게 반나절을 걷고 난 후에 '바보 잡기'라는 이름을 가진 한 도시에 도착했습니다. 도시에 들어가자마자 피노키오는 모든 길의 사람들을 보았습니다. 털이 뽑힌 개들은 허기짐에 늘어져 하품을 했고 털 깎인 양들은 추위에 떨고 있었으며, 볏도 없고 턱 아래에 늘어진 살도 없는 암탉들은 옥수수 낟알들을 동냥하고 있었습니다. 큰 나비들은 더 이상 날 수가 없었지요. 형형색색의 아름다운 날개들을 다 팔아 버렸기 때문에요. 꼬리를 뽑힌 공작새는 자신의 모습을 부끄러워했고 꿩들은 이젠 영원히 잃어버린, 그들의 반짝였던 금빛 은빛 깃털을 아쉬워하며 절뚝절뚝 걷고 있었습니다. 이런 걸인들과 부끄러워하는 가난한 이들 사이를 때때로 부자들의 마차가 지나가고 있었습니다. 마차 안에는 여우나 도둑 까치, 혹은 강도 새들이 타고 있었지요.

"기적의 땅은 어디 있는 거야?"

피노키오는 물었습니다.

"이 근처에 있어."

그들은 도시를 지나서 성 밖으로 나갔습니다. 그리고 한 외딴 땅에 멈췄지요. 다른 땅들과 별로 다를 게 없었습니다.

"드디어 도착했군."

여우는 꼭두각시 인형에게 말했습니다.

"지금 땅 아래에 엎드려 손으로 땅에 조그만 구멍을 파. 그리고 금화를 안에 넣어."

피노키오는 시키는 대로 했지요. 구멍을 파고 남아 있는 금화 네 닢을 안에 넣었습니다. 그러고 나서 조금의 흙으로 구멍을 덮었습니다. 여우가 또 말했습니다.

"지금부터 여기서 가까운 연못에 가서 물 한 양동이를 떠와. 그리고 네가 심은 땅에 물을 뿌려줘."

피노키오는 연못에 갔습니다. 거기엔 양동이가 없어서 신발을 벗어서 물을 신발에 채워왔고 구멍을 덮은 땅에 물을 뿌렸습니다. 그리고 물었습니다.

"또 할 일이 있니?"

여우는 대답했습니다.

"아니 없어. 이제 가도 돼. 그리고 이십 분 후에 다시 여기로 돌아와. 그럼 넌 나무들이 이미 땅에서 자라 모든 가지에 주렁주렁 금화가 달린 것을 발견할 거야."

불쌍한 꼭두각시 인형은 정말 기뻐하면서 수없이 여우와 고양이에게 감사했고 그들에게 아주 좋은 선물을 하겠다고 약속했습니다. 이 두 나쁜 악당은 속마음을 감춘 채 너스레를 떨며 대답했지요.

"우린 선물을 바란 게 아니야. 네게 어려움 없이 부자 되는 방법을 가르쳐 준 것으로 만족하고 부활절을 맞이하는 것처럼 기뻐."

이렇게 말하고 피노키오에게 작별 인사를 하고 금화를 많이 따라며 축복해 주고는 제 갈 길로 갔습니다.

19장

피노키오는 금화를 빼앗겼습니다.

그리고 그 벌로 넉 달 동안 감옥에 갇히게 됩니다.

꼭두각시는 도시로 돌아가서 일분 일분을 세기 시작했습니다. 그리고 한 시간쯤 되었을 거란 생각이 들었을 때 기적의 땅으로 향하는 길로 바로 갔지요. 빠른 걸음으로 가는 동안 심장은 힘차게 고동치고 정말로 달리자 거실의 시계처럼 똑딱똑딱 심장이 뛰었습니다. 피노키오는 속으로 생각했습니다.

'나뭇가지에 천 닢, 아니 이천 닢이 달려 있지 않을까? 이천 닢, 아니 오천 닢이면? 오천 닢이 아니라 억 닢이면? 와아! 그러면 정말 큰 부자가 되겠구나! 난 멋진 성을 가질 거야. 장난감 목마 천 마리에, 천 개의 마굿간을 사겠어. 그리고 로솔리*와 알케르메스**의 저장소, 사탕, 케이크, 파네토니***, 아몬드 과자, 휘

* 이탈리아 리큐어(혼합주)의 하나로 장미의 잎으로 만들었습니다.

** 이탈리아 리큐어의 한 종류.

*** 이탈리아 빵 종류의 하나.

핑크림이 들어간 과자들을 잔뜩 넣을 수 있는 선반도 살 거야!'

이런 상상들을 하면서 기적의 땅 가까이에 다다랐을 때 가지에 금화가 달린 몇 개의 나무가 솟았는지 보이지 않을까 해서 둘러보기 위해 멈췄습니다. 그러나 아무 것도 보이지 않았어요. 백 걸음 앞으로 더 나아갔습니다. 역시 아무 것도 없었습니다. 그의 금화를 묻은 그 작은 구멍까지 갔지만 아무 것도 없었습니다. 그러자 피노키오는 점점 생각에 잠기기 시작했지요. 예의범절과 양심은 잊어버리고 주머니에서 한 손을 꺼냈습니다. 그리고 머리를 한참 동안 긁적거렸지요. 그때 큰 웃음소리가 들렸습니다. 올려다보니 나무 위에서 커다란 앵무새 하나가 자기 몸에 있는 작은 깃털들을 고르고 있는 것을 보았습니다.

"왜 웃어?"

피노키오는 화난 목소리로 물었지요.

"웃지. 털을 고르다가 날개 아래가 간지러워서 말이야."

꼭두각시는 아무 대답도 하지 않았어요. 연못으로 갔지요. 그리고 물을 아까처럼 신발에 다시 채웠습니다. 그리고 금화를 덮은 땅에 다시 물을 뿌렸습니다. 이때, 조용한 가운데 갑자기 웃음 소리가 아까보다 더 크고 무례하게 들려왔습니다. 피노키오는 화를 내며 소리쳤습니다.

"야, 이 버릇없는 앵무새야, 도대체 왜 웃는지 좀 알려줄래?"

"모든 어리석은 말을 믿고 그들보다 더 교활한 자들의 함정에 빠지는 저 바보들 때문에 웃지."

"나에 대해 말하는 거야?"

"맞아. 너에 대해 말하는 거야. 이 불쌍한 꼭두각시야. 콩이나 호박을 심듯이 땅에 돈들을 심어서 수확할 수 있다고 믿는 넌 너무 어리석구나. 나도 한때는 그런 걸 믿었었지. 그래서 지금은 그 벌을 받고 있고. 이제야(그러나 너무 늦었어!) 깨달았지. 적은 돈이라도 정직한 태도로 잘 모으기 위해서는 직접 손을 써서 일하고 잘 생각해서 번 돈을 아껴야 한다는 것을 말이야."

"무슨 말이야……?"

꼭두각시 인형은 물었습니다. 이미 겁에 질려 목소리가 떨리기 시작했지요.

"할 수 없군. 내가 잘 설명해 줄게."

그리고 앵무새는 덧붙여 말했습니다.

"잘 알아 둬. 네가 도시에 있었을 때 여우하고 고양이는 이 땅으로 돌아와서 땅에 묻은 금화를 가져갔지. 그리고 바람처럼 도망갔어. 지금이라도 그들을 잡는 자는 대단한 거고!"

피노키오는 입을 다물 수가 없었습니다. 앵무새의 말을 믿고 싶지 않아서 손과 손톱으로 물을 주었던 땅을 파기 시작했습니다. 파고, 파고, 파고, 짚단이 똑바로 들어갈 수 있을 정도로 구멍을 깊게 팠지요. 그러나 금화들은 없었습니다. 절망에 빠진 피노키오는 도시로 달려갔습니다. 금화를 강탈한 그 두 강도들을 판사에게 고소하기 위해서 재판소로 간 것입니다.

판사는 큰 원숭이였습니다. 늙은 큰 원숭이는 그의 많은 나이와 하얀 수염, 특별히 그의 유리 없는 금테 안경 때문에 존경받는 인물 같았어요. 너무나 많은 나이로 눈이 항상 충혈되어 있어 힘들었던 그는 계속 안경을 쓰고 다녀야 했습니다.

피노키오는 판사 앞에 서서 자신이 희생양이 된 이 나쁜 사기 사건을 일일이 다 이야기했습니다. 강도의 이름과 성, 두 강도의 생김새도 자세히 이야기했습니다. 마지막으로 재판을 요구했지요.

판사는 아주 온화하게 피노키오의 말을 들었습니다. 피노키오 이야기에 관심을 보이며 주의를 기울여 듣고 그는 피노키오를 가엾게 여기고 동정하기 시작했습니다. 그리고 꼭두각시 인형이 더 이상 할 말이 없자 손을 내밀어 벨을 눌렀습니다. 곧바로 병정 옷을 입은 불독 두 마리가 나타났습니다. 그러자 판사는 피노키오를 가리키며 병정들에게 말했습니다.

"저 불쌍한 놈은 금화 네 닢을 도둑 맞았다. 어쨌든 피노키오를 체포하고 바로 감옥에 가두어라."

꼭두각시 인형은 이 판결을 들었을 때 어안이 벙벙하여 항의를 하려고 했습니다. 그러나 병정들이 쓸데없는 시간 낭비 말라며 그의 입을 막고 감옥으로 끌고 갔습니다.

그리고 그곳에서 넉 달이나 갇혀 있었습니다. 넉 달은 너무 길었죠. 아주 운 좋은 사건으로 인해서 풀려나지 않았다면 아마 피노키오는 감옥에 더 머물러야 했을 것입니다. 어떤 사건이였냐면, 바보 잡기 도시를 다스리는 젊은 황제가 그의 적들에 대항해서 승리를 얻은 일이었습니다. 그래서 황제는 큰 축제를 열었고 조명을 밝히고 불꽃놀이를 하라고 명령했고 경마와 경주차 시합을 벌였습니다. 그리고 기쁨을 이기지 못해 감옥 문을 열고 모든 강도들을 풀어주라고 명령했습니다.

"다른 죄수들도 감옥에서 나가니 나도 나가고 싶어요."

피노키오는 교도관에게 말했습니다. 교도관은 대답했습니다.

"당신은 안돼요. 당신은 강도가 아니잖아요."

"질문 중에 죄송한데요. 나도 강도예요."

피노키오는 대답했습니다.

"이 경우엔 충분히 자격이 있습니다."

교도관은 말했습니다. 그리고 정중하게 모자를 들면서 피노키오에게 인사를 하고 감옥의 문을 열어주며 피노키오를 도망치도록 놓아줬습니다.

20장

감옥에서 풀려난 피노키오는 요정의 집으로 돌아가려고 했습니다.
그러나 길에서 끔찍한 뱀을 만나고 덫에 걸립니다.

자유의 몸이 된 피노키오의 기쁨을 상상해 보세요. 그는 이렇다 저렇다 말할 시간도 없이 바로 도시 밖으로 나와 요정의 집으로 가는 길로 들어섰습니다.

비가 온 이유로 길은 온통 진흙탕이 되었고 무릎까지 푹푹 빠졌습니다. 하지만 꼭두각시 인형에게는 전혀 문제가 되지 않았습니다. 아빠와 그의 누나인 파란 머리 요정을 다시 볼 수 있다는 생각에 신이 나서 사냥개처럼 껑충껑충 뛰며 달려갔습니다. 이렇게 뛰는 바람에 흙탕물은 머리에 있는 모자까지 튀었지요. 그렇게 가면서 피노키오는 혼잣말을 했습니다.

"얼마나 많은 불행이 내게 닥친 거야……. 그런 일을 당할 만도 했지! 난 고집불통에 심술쟁이 꼭두각시 인형이니까 말이야……. 날 사랑하고 나보다 몇천 배는 더 분별력 있는 사람들의 말을 듣지도 않고 내 멋대로만 하려 했잖아! 하지만 이제부터 날 바꾸겠어. 예의 바르고 말 잘 듣는 아이가 되겠어. 이젠 말을 듣지 않는 아이들에게 항상 나쁜 일이 일어나고, 맘 먹은 대로 되는 일이 전혀 없다는 것을 너무나 깊이 깨달았어. 근데 아빠는 날 기다리셨을까? 요정님의 집에 계실까? 가여우신 아빠, 오랫동안 보지 못했어. 아빠를 만나면 수없이 쓰다듬고 아빠께 입맞춤해 드릴 거야! 요정님은 내가 한 모든 잘못을 용서해 주실까? 생각해보면 난 요정님께 많은 관심과 많은 사랑을 받았어. 사실 지금 이렇게 살아 있는 것도 그분 덕분인데 말이지! 나보다 은혜도 모르고 양심 없는 아이가 또 있을까?"

이렇게 중얼거리며 가다가 피노키오는 너무나 놀라서 가던 길을 멈췄습니다. 그리고 몇 발짝 뒷걸음질 쳤지요. 무엇을 본 것일까요?

피노키오는 길을 가로질러 누워 있는 아주 커다란 뱀을 보았습니다. 그 뱀은 초록색 가죽에 불꽃 같은 빨간 눈을 한 데다 뾰족한 꼬리에서는 벽난로 굴뚝처럼 연기가 뿜어 나오고 있었습니다. 꼭두각시가 얼마나 무서웠는지 상상도 못할 거예요. 피노키오는 오백 미터보다 더 멀리 가서 돌무더기 위에 앉았습니다. 그리고 뱀이 제 볼일을 보러 가고 길을 지나갈 수 있게 사라져 주길 기다렸습니다.

한 시간, 두 시간, 세 시간을 기다렸습니다. 그러나 뱀은 계속 그곳에 있었죠. 멀리서도 그의 불꽃처럼 새빨간 두 눈과 꼬리 끝

에서 나오는 연기 기둥이 보였습니다. 결국 피노키오는 용기를 내어 뱀에게 조금 가까이 다가갔습니다. 그러곤 두 손을 모으고 비는 듯한 태도로 가느다란 목소리를 내어 말했습니다.

"실례합니다만, 뱀 아저씨. 제가 지나갈 수 있게 한쪽으로 조금만 비켜주시겠어요?"

마치 벽에다 말하는 것처럼, 아무 반응이 없었습니다. 그래서 다시 아까와 같은 기어들어가는 목소리로 말했습니다.

"뱀 아저씨, 저는 절 기다리는 아빠가 계신 집에 가야 해요. 정말 오랫동안 보지 못했어요! 제가 길을 갈 수 있게 해 주시겠어요?"

피노키오는 답을 기다렸습니다. 그러나 아무런 답도 오지 않았습니다. 오히려 그때까지 힘차고 활기차게 연기를 뿜던 뱀은 눈을 감고 움직이지 않더니 거의 굳어졌습니다.

“이상하다……. 죽은 건가?”

피노키오는 말했습니다. 아주 기쁘게 두 손을 비비면서 말이죠. 그리고 더 시간을 지체하지 않고 길을 건너려고 뱀을 넘어가려 했습니다. 그러나 다리를 올리기도 전에 뱀은 용수철 튀듯이 갑자기 몸을 일으켜 세웠습니다. 피노키오는 너무 놀라서 뒤로 물러서다 자기 발에 걸려 땅바닥에 넘어졌습니다. 그리고 이렇게 웃기게 넘어지는 바람에 길의 진창에 머리를 박고 다리는 공중으로 들려 버렸습니다. 이렇게 버둥거리는 꼭두각시 인형의 우스꽝스러운 모습을 보고서, 뱀은 갑자기 크게 웃음을 터트렸습니다. 웃고 웃고 웃고, 결국엔 너무 웃어서 가슴의 핏줄이 터지고 말았지요. 이번에는 진짜 죽었습니다.

그러자 피노키오는 어두워지기 전에 요정의 집에 도착하려고 다시 달리기 시작했습니다. 그러나 길을 가다가 끔찍하게 배가 고파서 더 이상 견딜 수 없게 되자, 포도 몇 송이를 따려고 밭으로 뛰어갔습니다. 결코 하지 말았어야 했는데!

포도밭 아래에 도착하자, 철컥, 덫의 두 쇠가 다리를 죄어 오는 것이었습니다. 그 순간 하늘에 있는 수많은 별들이 눈앞에 보이는 것 같았습니다. 불쌍한 꼭두각시 인형은 한 농부가 근처의 모든 닭들을 모조리 잡아먹는 커다란 족제비를 잡으려고 쳐 놓은 덫에 걸리고 만 것이었습니다.

21장

피노키오는 농부에게 잡혔습니다.

그리고 닭장을 지키는 개 노릇을 하게 되었습니다.

여러분도 상상하겠지만, 피노키오는 울며불며 도와 달라고 소리 지르고 애원했습니다. 그러나 전혀 소용이 없었습니다. 그 주변엔 집도 보이지 않았고 길에는 쥐 한 마리조차 없었기 때문입니다. 어쨌든 밤이 되었습니다. 죄어오는 덫 때문에 정강이가 아프기도 하고 어두운 그 밭 한가운데에 혼자 있으려니 무섭기도 했습니다. 꼭두각시는 거의 기절할 지경이었습니다. 그때 머리 위로 반딧불 하나가 지나가는 것을 보고는 반딧불을 불러 말했습니다.

"오, 반딧불아, 이 고통에서 날 좀 꺼내줄 수 있겠니?"

"불쌍한 아이야!"

반딧불은 피노키오를 가엾게 바라보며 가던 길을 멈추고 대답했습니다.

"어떻게 이 날카로운 쇠 사이에 다리가 낀 거야?"

"난 포도 두 송이를 따려고 이 밭으로 들어왔어."

"그럼 이 포도가 네 꺼야?"

"아니……."

"그럼 다른 사람의 것을 훔쳐 가라고 누가 네게 가르쳤니?"

"난 정말 배가 고파서……."

"아이야, 배고프다고 해서 자기의 것이 아닌 물건을 가져가서는 안 되지."

"맞아. 맞아!"

피노키오는 울면서 대답했습니다.

"다음부터는 정말 안 그럴 거야."

이 순간, 대화는 아주 작게 들려오는 발자국 소리에 중단되었습니다. 그 소리는 점점 다가오고 있었습니다. 한밤중에 닭을 잡아먹는 족제비가 덫에 걸려 있는지 보려고 살금살금 걸어오는 이 밭 주인의 발자국 소리였습니다.

농부는 외투 아래에서 등잔불을 밖으로 꺼냈을 때 너무도 놀랐습니다. 족제비인 줄 알았는데 한 아이가 덫에 걸려 있었기 때문입니다.

"이런, 좀도둑이잖아!"

농부는 화를 내며 말했습니다.

"그럼 네가 닭들을 가져가려고 했냐?"

"아니에요. 절대 아니에요!"

피노키오는 훌쩍이며 소리쳤습니다.

"난 포도 두 송이만 따려고 밭에 들어왔을 뿐이에요."

"포도를 훔치는 자는 닭들도 훔칠 수 있지. 내가 손 봐주지. 네가 한동안 잊지 못하도록 호되게 혼내주겠어."

농부는 덫을 열고 꼭두각시 인형의 멱살을 움켜잡고서 젖먹이 양을 끌고 가듯이 집까지 피노키오를 질질 끌고 갔습니다. 집 앞 마당에 도착하자 농부는 피노키오를 땅바닥에 내동댕이치고는 발로 목을 누르며 말했습니다.

"이젠 늦었어. 난 자러 가야겠다. 내일 우리의 계산을 하도록 하지. 어쨌든 오늘 밤에 집 지키던 개가 죽었어. 그 개 대신 네가 그 자리를 지켜야겠다. 넌 개처럼 집을 지키는 일을 해 줘야겠어."

이렇게 말하고는 뾰족한 놋쇠 가시로 잔뜩 덮힌 큰 개 목걸이를 피노키오 목에 걸고 머리를 뺄 수 없도록 단단히 죄었습니다. 목걸이에는 긴 쇠사슬이 달려 있었고 벽에 고정되어 있었습니다. 농부는 말했습니다.

"오늘 밤에 비가 오기 시작하면, 저 나무 집에 가서 자거라. 사년 동안 내 불쌍한 개가 잠자리로 쓰던 짚이 항상 있어. 그리고 혹시 도둑들이 올지 모르니 귀를 쫑긋 세우고 있다가 짖는 것을 기억해 둬."

이렇게 마지막으로 주의를 준 후 농부는 집으로 들어갔고 빗장으로 문을 잠갔습니다. 그리고 불쌍한 피노키오는 춥고 배고프고 겁에 질려 죽은 사람처럼 마당에 웅크리고 있었습니다. 때때로 죄어오는 목걸이 안으로 손을 밀어 넣으며 크게 울었습니다.

"잘 됐어! 나 같은 애는 이렇게 당해도 싸! 난 게으름 피우길 좋아했고 놀러 다니길 좋아했어. 나쁜 친구들 이야기만 들으려 했지. 그래서 이 거지 같은 행운이 날 항상 쫓아다니는구나. 내가 다른 수많은 착한 아이들처럼 했다면, 공부를 하거나 일하는 데에 있어서 망설이지 않았다면, 불쌍한 아빠와 집에 있었다면, 지금 난 여기, 밭 한가운데 농부의 집에서 개처럼 집 지키는 일은 하지 않았을 텐데. 오, 다시 한 번만 태어날 수만 있다면! 하지만 이제는 너무 늦었어, 참을 수밖에 없어!"

이렇게 마음에서 우러나오는 감정을 다 쏟아낸 뒤, 개집으로 들어가 울면서 잠이 들었습니다.

22장

피노키오가 도둑을 잡습니다.

그리고 충실하게 일했던 것에 대한 보상으로 자유롭게 됩니다.

피노키오는 벌써 두 시간이 넘게 단잠을 자고 있었습니다. 자정쯤 되었을 때 속삭이는 소리와 쉿쉿 하는 이상한 목소리가 밖에서 들려 오는 것 같아 잠에서 깨고 말았습니다. 개집의 구멍으로 코끝을 살짝 밖으로 내밀었더니, 고양이와 비슷하게 보이는 시커먼 털을 가진 네 마리의 동물들이 모여 회의를 하고 있는 것이 보였습니다. 하지만 이들은 고양이들이 아니었습니다. 어린 닭과 달걀을 특별히 좋아하는 육식동물, 바로 족제비였습니다. 이 족제비들 중 하나가 그들 무리를 벗어나 슬금슬금 개집 구멍에 다가와서는 낮은 목소리로 말했습니다.

"안녕하신가, 멜람포."

"난 멜람포가 아니야."

꼭두각시 인형은 대답했습니다.

"어, 그럼 넌 누구야?"

"난 피노키오야."

"근데 여기서 뭐하는 건데?"

"집을 지키는 개 일을 하고 있어."

"멜람포는 어디 있어? 이 개집에 있던 늙은 개는 어디 간 거야?"

"오늘 아침에 죽었어."

"죽어? 불쌍한 짐승 같으니라구! 참 좋은 개였는데! 그건 그렇고 모습을 보아하니 너도 예의 바른 개일 것 같구나."

"질문 중에 미안한데 난 개가 아니야!"

"그럼 넌 누구야?"

"꼭두각시 인형이지."

"근데 집을 지키는 개 노릇을 하고 있어?"

"불행히도 그래. 난 벌을 받고 있는 중이야!"

"흠, 그럼 좋아, 네게 제안 하나를 하지. 이건 죽은 멜람포에게 했던 제안과 같은 제안인데 너도 만족할 거야."

"무슨 제안인데?"

"예전처럼 우린 여기에 일주일에 한 번씩 올 거야. 이 닭장을 밤에 방문해서 여덟 마리의 어린 닭을 가져갈 거야. 이 어린 닭 중 일곱 마리는 우리가 먹고, 한 마리는 널 줄게. 잘 이해했겠지만, 잠자는 척 하고 농부를 깨우려고 짖지 말라는 조건으로 말이지."

"지금까지 멜람포가 정말 그렇게 했어?"

피노키오는 물어보았습니다.

"그렇게 했지, 우리와 그는 항상 잘 맞았어. 그러니까 편안하게 잠이나 자. 내가 단언컨대 우리가 여길 떠나기 전에 내일 아침거리로 털을 완전히 뽑은 어린 닭 한 마리를 개집에 놓아두겠어. 잘 알아들었어?"

"그럼, 너무 잘 알아들었고말고!"

피노키오는 대답하며 위협적인 모습으로 고개를 끄덕였습니다. 마치 '어디 두고 보자고!'라고 말하고 싶은 듯 했습니다.

네 족제비들은 일이 잘 해결되었다고 확신하고는 닭장으로 들어갔습니다. 닭장은 개집 바로 옆에 있었습니다. 그들은 날카로운 이빨과 발톱으로 닭장의 닫혔던 입구 나무 문을 열고 차례차례 들어갔습니다. 그러나 족제비들이 다 들어가자마자 아주 세차게 닭장의 문이 닫혔습니다.

다시 문을 닫은 것은 피노키오였습니다. 피노키오는 문을 닫은 것으로는 안심되지 않아 문 앞에 커다란 돌을 놓아 단단하게 막았습니다. 그리고 짖기 시작했습니다. 정말 집을 지키는 개처럼 멍-멍-멍-멍- 짖어댔습니다. 이런 소동이 일어나자 놀란 농부는 잠자리에서 벌떡 일어나서 총을 잡아 들고 창문에 얼굴을 내밀었습니다. 그리고 물었습니다.

"무슨 일이야?"

"도둑들이 있어요!"

피노키오는 대답했습니다.

“뭐? 어디 있는데!”

“닭장 안에요.”

“지금 당장 내려간다!”

이렇게 말하고 농부는 순식간에 내려와 닭장 안으로 뛰어들었습니다. 그리고 네 마리 족제비들을 잡아 자루에 넣고 정말로 만족스러워하며 그들에게 말했습니다.

“드디어 내 손에 잡혔군! 직접 벌을 주고 싶지만 난 그렇게 독하지가 못해! 내일 이웃마을에 있는 여관 주인에게 너희를 가져다주는 것으로 만족하겠어. 그는 너희 가죽을 벗기고 산토끼를 사용해서 달콤하고 맵게 너희를 요리할 거야. 너희는 사실 나한테 죽어도 마땅하지만 나처럼 관대한 사람들은 이런 사소한 것에 신경을 안 쓰거든!”

그리고 피노키오에게 가까이 다가가서 흡족해하며 쓰다듬어 주기 시작했습니다. 그렇게 쓰다듬어 주다가 물었습니다.

"이 네 마리 좀도둑의 계략을 어떻게 알았지? 내 충신 멜람포는 아무것도 알아채지 못했다고 말했는데!"

사실 꼭두각시 인형은 어떻게 알게 되었는지에 대해 말할 수도 있었습니다. 개와 족제비들 사이에 했던 부끄러운 계약을 말이죠. 그러나 개가 이미 죽은 것을 생각하고는 속으로 생각했습니다. '죽은 자를 나쁘게 말해서 무슨 소용이람? 죽은 자는 죽었어. 가장 좋은 방법은 이 사실을 묻어두는 거야!'

"마당에 족제비들이 도착했을 때, 깨어 있었니 아니면 자고 있었니?"

농부는 계속해서 물어봤습니다.

"자고 있었어요."

피노키오는 대답했습니다.

"그러나 족제비들 수다에 그만 깼고 그들 중 하나가 여기까지 오더니 내게 '짖지 않고 주인을 깨우지 않겠다고 약속한다면 털을 잘 뽑은 먹음직스러운 닭 한 마리를 줄게!' 이렇게 말했어요. 뻔뻔하게도 내게 이런 제안을 하지 뭐예요! 아시겠지만 난 이 세상의 모든 단점을 가진 꼭두각시 인형이에요. 하지만 정직하지 못한 사람들과 몰려다니며 공범이 되진 않을 거예요!"

"훌륭한 아이구나!"

농부는 피노키오의 어깨를 두드리며 외쳤습니다.

“넌 명예가 뭔지 아는 아이야. 나는 그 마음에 감동 받았다. 집에 돌아갈 수 있게 널 당장 풀어 주겠어!”

그렇게 말하고는 곧바로 피노키오가 하고 있던 개목걸이를 풀어 줬답니다.

23장

피노키오는 파란 머리의 아름다운 소녀의 죽음에 웁니다.

그리고 비둘기를 만납니다.

비둘기는 피노키오를 해변에 데려다 줍니다.

피노키오는 그의 아빠 제페토를 구하러 가기 위해 물에 뛰어 내립니다.

피노키오는 목둘레에 치욕스럽고 딱딱한 목걸이의 무게를 더 이상 느끼지 않자 밭을 가로질러 뛰어갔습니다. 그리고 요정의 집으로 인도하는 큰 길에 도착할 때까지 단 한 차례도 쉬지 않았습니다. 큰 길에 도착했을 때, 아래에 있는 평야를 내려다 보았습니다. 불행히도 맨눈으로도 여우와 고양이를 만난 숲이 너무나 잘 보였습니다. 목이 매달렸던 높은 커다란 떡갈나무 꼭대기가 나무들 사이로 보였습니다. 그러나 여기를 보아도 저기를 보아도 파란 머리의 아름다운 소녀가 사는 작은 집은 그 흔적도 찾아볼 수가 없었습니다.

그러자 피노키오는 갑자기 슬픈 예감이 들어서, 남은 힘을 다해서 급히 뛰어갔습니다. 한때 하얀 집이 있었던 초원에 몇 분만에 도착했지만 하얀 집은 어디에도 없었습니다. 대신에 고통스러운 말들이 새겨진 작은 대리석 묘비가 서 있었습니다.

〈여기에 그의 동생 피노키오에게 버림받아 고통스럽게 죽은 파란 머리 소녀가 누워 있다.〉

저 무서운 말들을 읽어 내려가는 피노키오의 마음이 어땠을지는 여러분의 상상에 맡기겠습니다. 땅에 고개를 떨구고 대리석 묘비에 수없이 입을 맞추고 커다란 울음을 터트렸습니다. 밤이 새도록 울고 아침이 올 때까지, 하루가 다 지나도록 울었습니다. 그리고 눈물이 말라 버렸음에도 계속해서 울었습니다. 피노키오의 울음 소리는 귓청이 찢어질 듯이 컸고 모든 주변의 산들에 메아리쳤습니다. 꼭두각시 인형은 울면서 이렇게 말했습니다.

"나의 요정님, 왜 죽었어요? 당신 대신에 왜 내가 죽지 않았나요? 난 나쁜 아이고 당신은 너무나 착한 분인데 말이에요! 그리고 아빠는 어디 계신가요? 오 나의 요정님, 어디서 아빠를 찾을 수 있을지 말해주세요. 아빠랑 항상 같이 있고 싶어요. 더 이상 그를 떠나지 않을 거예요. 다시는! 다시는! 다시는! 요정님, 당신이 정말로 죽은 게 아니라고 말해주세요! 정말로 나를 사랑한다면…… 남동생을 사랑한다면, 다시 살아나세요…… 제발! 전처럼 다시 살아 돌아오세요! 모든 사람들에게 버림받고 홀로 남은 나를 보는 것이 안타깝지 않나요? 만약 강도들이 도착해서 다시 나무에 날 매달아 놓으면…… 그러면 난 영원히 죽을 거예요. 이 세상에 내가 혼자 있기를 원하세요? 이제 누나와 아빠를 잃어버렸고 누가 내게 먹을 것을 줄까요? 밤에는 어디에 가서 자야 할까요? 새로운 웃옷을 누가 해 줄까요? 오! 차라리 나도 죽는 게 백 배 낫겠어요! 그래요, 나도 죽을래요! 엉엉!"

피노키오는 너무 절망스러워서 머리를 쥐어뜯으려고 했으나 그의 머리카락은 나무로 돼 있어서 머릿 속에 손가락을 넣고 쥐어뜯는 행동조차도 할 수 없었습니다.

그때 커다란 비둘기가 공중 위로 지나갔습니다. 비둘기는 멈춰서 날개를 펴고 아주 높은 곳에서 피노키오에게 소리쳤습니다.

"아이야, 그 아래에서 뭐하는 거야?"

"그게 안 보여? 지금 울고 있잖아!"

피노키오는 윗옷 소매로 눈물을 닦으며 고개를 들고 말했습니다. 그러자 비둘기는 덧붙여 말했습니다.

"물어볼 게 있어. 네 친구들 중에 피노키오란 이름을 가진 꼭두각시 인형을 혹시 아니?"

"피노키오……? 피노키오라고 했어? 피노키오는 난데!"

꼭두각시 인형은 냉큼 일어나서 대답했습니다. 이 대답에 비둘기는 빠르게 내려와 땅에 앉았습니다. 몸집이 칠면조보다 더 컸습니다. 비둘기는 꼭두각시 인형에게 물었습니다.

"그럼 제페토도 알겠구나!"

"당연히 알고말고! 내 불쌍한 아빠야! 네게 혹시 나에 대해서 말했니? 아빠에게 날 데려다 줄래? 근데 아빤 살아 계시니? 부탁인데 대답해 줘. 아직 살아 계시니?"

"삼 일 전에 해변에서 헤어졌어."

"뭘 하고 계셨는데?"

"바다를 건널 작은 배를 만들고 계셨지. 그 가여운 분은 널 찾으려고 세상을 돌아다닌 지 넉 달이 넘었어. 그리고 널 찾지 못하자, 더 멀리 있는 다른 세상으로 가서 널 반드시 찾으려는 생각을 한 거지."

피노키오는 걱정스러운 마음에 숨가쁘게 물었습니다.

"여기서 해변까지 얼마나 되니?"

"천 킬로미터도 더 되는데."

"천 킬로미터? 오, 비둘기야, 너의 날개를 가질 수 있다면 얼마나 좋을까!"

"네가 원한다면 데려다 줄게."

"어떻게?"

"내 등 위로 올라타. 너 혹시 많이 무겁니?"

"무겁냐고? 전혀! 난 나뭇잎처럼 가벼워."

피노키오는 두말하지 않고 비둘기 등 위로 올라탔습니다. 말을 타듯이 앉은 다음 너무 기쁜 마음에 소리쳤습니다.

"이랴, 이랴, 작은 말아, 빨리 날 데려다 줘!"

비둘기는 날갯짓을 했고 몇 분 뒤에는 거의 구름에 닿을 듯 정말로 높이 날아 오르고 있었습니다. 아주 높이 올라가자 꼭두각시 인형은 호기심에 아래를 내려다보고 싶어 고개를 돌렸습니다. 그리고 너무 높이 있는 것을 알자 겁을 잔뜩 먹고 머리가 어지러웠답니다. 피노키오는 아래로 떨어지지 않기 위해 깃털 달린 말의 목을 두 팔로 꼬옥 끌어안았습니다.

그들은 하루 종일 날았습니다. 저녁이 되자 비둘기는 지친 듯이 말했습니다.

"목이 너무 말라!"

"난 배가 너무 고파!"

피노키오가 덧붙여 말했습니다.

"비둘기 집에서 몇 분 쉬자. 그리고 다시 떠나자. 그럼 내일 아침 동 틀 무렵에 해변에 도착할 거야."

그들은 비어 있는 비둘기 집에 들어갔습니다. 비둘기 집에는 물이 가득찬 넓적한 그릇과 나비나물이 가득한 바구니만 있을 뿐이었습니다. 꼭두각시 인형은 예전 같았으면 나비나물은 입에도 안 대고 나비나물 소리만 들어도 구역질을 했을 것입니다. 그러나 그날 저녁에는 나비나물을 배터지게 먹었고 거의 다 먹었을 때 비둘기를 향해 고개를 돌리며 말했습니다.

“나비나물이 이렇게 맛있는 줄은 예전엔 몰랐어.”

“그래, 잘 알아 둬. 정말 배가 고픈데 먹을 것이 없을 땐 나비나물도 맛있는 법이지! 배가 고프면 변덕도 없고 미식가도 없는 법이야!”

비둘기는 대답했습니다. 그들은 그렇게 간단하게 배를 채운 후, 다시 여행을 시작했습니다. 그리고 다음날 아침, 해변에 도착했습니다. 비둘기는 피노키오를 땅에 내려놓고는 고맙다는 인사 받는 것도 귀찮고 민망해서 바로 날아서 사라졌습니다.

해변에는 많은 사람들이 있었는데 그들은 소리를 지르며 바다를 향해 손짓하고 있었습니다.

“무슨 일이에요?”

피노키오는 한 할머니에게 물었습니다.

“한 불쌍한 아빠가 아들을 잃어버렸다지. 그래서 저 바다로 아들을 찾겠다고 저 작은 배를 타고 들어갔지 뭐냐. 오늘은 바다가 매우 불길하구나. 저 작은 배가 파도에 삼켜질 것 같애.”

“어디에 그 작은 배가 있나요?”

“저기, 저기 아래에 있구나. 내 손이 가리키는 곳을 보렴.”

할머니는 작은 배를 가리키며 말했습니다. 멀리서 보니 그 작은 배는 작고 작은 사람이 탄 호두껍데기 같아 보였습니다.

피노키오는 그쪽을 뚫어지게 쳐다보았습니다. 그리고 자세히 살펴보다가 아주 크게 소리질렀습니다.

"저 분이 우리 아빠예요! 저 분이 우리 아빠예요!"

작은 배는 성난 파도에 요동을 치며 때로는 거대한 파도 사이로 사라졌다가 때로는 다시 떠올랐다가 했습니다. 그리고 피노키오는 높은 절벽 끝 위에 서서 아빠의 이름을 끝없이 불렀습니다. 손과 코를 닦는 수건과 머리의 모자까지 휘두르며 계속 신호를 보냈습니다.

해변에서 멀리 떨어졌음에도 불구하고 제페토는 아들을 알아보는 것 같았습니다. 제페토 또한 모자를 벗어 피노키오에게 인사를 하고 온갖 몸짓으로 다시 되돌아가겠다는 뜻을 알렸습니다. 그러나 바다는 거대한 파도로 출렁거렸고 육지에 가까이 갈 수 있게 노 젓는 일을 방해했습니다.

그러다 갑자기 무시무시한 파도가 일어났고, 작은 배는 사라졌습니다. 사람들은 배가 다시 떠오르길 기다렸습니다. 그러나 배는 다시 떠오르지 않았습니다.

"가엾은 사람……."

해변에 모여 있던 어부들이 말했습니다. 낮은 소리로 기도를 중얼거린 후 그들은 각자 집으로 돌아가려고 움직였습니다.

그때 외마디 비명이 들렸습니다. 그들이 뒤로 돌아보았을 때 한 소년이 절벽 꼭대기에 서 있는 것이 보였습니다. 소년은 소리치며 바다로 뛰어들었습니다.

"아빠를 구할 거예요!"

피노키오는 가벼운 나무로 된 몸이라서 아주 쉽게 떠올랐고 물고기처럼 헤엄쳤습니다. 육지와는 아주 멀리 떨어진 곳에서 때때로 출렁이는 파도에 휩쓸려 바다 아래로 사라졌다가 다시금 다리와 팔이 밖으로 나타나며 헤엄쳐 갔습니다. 마침내 그 모습은 시야에서 완전히 사라지고 사람들은 피노키오를 볼 수 없게 되었습니다. 그러자 해변가에 모여 있던 어부들이 말했습니다.

"불쌍한 아이야!"

그들은 또다시 낮은 소리로 기도를 중얼거렸고 그들 집으로 돌아갔습니다.

24장

피노키오는 '부지런한 벌들의 마을'에 도착해서
요정을 만납니다.

피노키오는 한시라도 빨리 도착하여 불쌍한 아빠를 도와주려고 밤새 헤엄을 쳤습니다.

그날은 아주 끔찍한 밤이었습니다! 비가 억수로 내리고 우박이 쏟아지고 하늘과 땅과 바다를 뒤흔드는 듯한 천둥이 쳤습니다. 그리고 대낮인 것처럼 번개가 번쩍였습니다.

아침이 되자 멀지 않은 곳에서 가느다란 띠 모양의 육지가 보이기 시작했습니다. 그것은 바다 한 가운데에 있는 섬이었습니다.

피노키오는 그 해변에 도착하려고 있는 온 힘을 다했습니다. 그러나 소용이 없었습니다. 와르르 겹쳐 밀려오는 파도는 피노키오를 마치 나뭇가지나 지푸라기처럼 마구 흔들어댔습니다. 다행히도 결국 커다란 파도가 몰려와 피노키오를 바닷가 모래사장으로 내던졌습니다.

바닥에 내던져질 때 충격을 세게 받아서 피노키오의 갈빗대와 모든 관절들에서 우지직 소리가 났습니다. 그러나 피노키오는 곧바로 자신을 위로했습니다.

"이번에도 정말 간신히 살았어!"

어쨌든 조금씩 하늘이 밝아지기 시작했습니다. 해가 나와 세상이 찬란하게 빛났고 바다는 깨끗한 기름처럼 반짝이며 잠잠해졌습니다. 꼭두각시 인형은 햇빛에 옷을 말리려고 탈탈 털어 널었습니다. 그러고 나서 광대하게 펼쳐진 수평선 위에 한 사람이 탄 작은 배 한 척이 보이지 않을까 둘러보았습니다. 하지만 보고 또 보아도 하늘, 바다 그리고 멀리 멀리 파리만하게 보이는 돛단배 몇 척만 보이고 그 외엔 아무것도 보이지 않았습니다.

"적어도 이 섬의 이름만이라도 알았으면 좋겠는데!"

피노키오는 혼잣말하며 가고 있었습니다.

"적어도 이 섬에 친절한 사람이 사는지라도 안다면! 나뭇가지에 아이들을 매달아 놓는 잔인함과는 거리가 먼 사람 말이지. 하지만 누구에게 물어보지? 아무도 없다면 누구에게?"

그 커다란 무인도 한가운데 혼자라는 이 생각은 피노키오를 너무나 우울하게 만들었습니다. 결국 그는 거기서 멈춘 채 울고 있었습니다. 그때 해변에서 조금 떨어진 곳에 커다란 물고기 하나가 물 밖으로 머리를 내밀고 제 갈 길을 유유히 가고 있었습니다. 어떻게 그의 이름을 불러야 할지 몰라서 꼭두각시 인형은 목청을 높여 소리쳤습니다.

"저기요, 물고기님, 한 가지 여쭤봐도 될까요?"

"두 가지라도 괜찮아."

물고기는 대답했습니다. 물고기는 세상의 모든 바다에서 몇 마리 없을 것 같은 아주 친절한 돌고래였습니다.

"이 섬에서 먹힐 위험 없이 먹을 것을 얻을 만한 마을이 어디 있는지 알려주실 수 있나요?"

돌고래는 대답했습니다.

"있고말고. 여기서 조금 떨어진 곳에 있어."

"어느 길로 가야 해요?"

"저기 왼쪽에 있는 오솔길을 따라 계속해서 앞으로 걸어가. 금방 찾을 거야."

"한 가지만 더 말해주세요. 하루종일 바다를 다니시는 당신은 우연히라도 작은 배 안에 있던 우리 아빠를 만난 적이 없나요?"

"네 아빠가 누군데?"

"우리 아빠는 세상에서 제일 좋은 분이세요. 내가 제일 나쁜 아들인 것처럼요."

돌고래는 대답했습니다.

"간밤에 폭풍우가 쳤기 때문에 작은 배는 물 속으로 가라앉았을 거야."

"그럼 우리 아빠는요?"

"지금쯤이면 무시무시한 상어가 잡아 삼켰겠지. 며칠 전부터 어떤 상어가 우리 바다에 와서 닥치는 대로 먹어 치우며 황폐하게 만들고 있어."

"그 상어는 얼마나 크죠?"

피노키오가 무서움에 떨며 묻자 돌고래는 대답했습니다.

"얼마나 크냐고? 네가 상상할 수 있게 이야기하마. 어느 정도로 큰지 말이야. 그 상어는 말이지, 오 층짜리 저택보다 크고 넓고 깊은 흉칙한 입을 갖고 있지. 그 입으로 칙칙폭폭 움직이는 기차가 편하게 철도를 지나갈 수도 있을 정도로 말이야."

"엄마야!"

깜짝 놀란 꼭두각시 인형은 자기도 모르게 소리 지른 후 정신없이 옷을 입으며 돌고래 쪽으로 머리를 숙이고 말했습니다.

"다음에 또 뵐게요. 물고기님. 불편을 드려 정말 죄송하고 당신의 친절에 정말 감사드려요."

이렇게 말하고 바로 오솔길로 들어가서 걷기 시작했습니다. 거의 뛰다시피, 아주 빠르게 말이죠. 아주 작은 소리라도 들릴 때면 바로 뒤돌아 보았습니다. 오 층짜리 집 크기에 철도를 지나는 기차가 입으로 들어갈 만큼 무서운 상어가 뒤쫓아 올까 봐 두려웠기 때문입니다.

삼십 분쯤 걸은 후 피노키오는 '부지런한 벌들의 마을'이라 불리는 조그만 마을에 도착했습니다. 길은 각자 그들의 일을 하며 여기저기 뛰어다니는 사람들로 바글바글했습니다. 그들은 모두 일을 하고 모두 뭔가 할 일이 있었습니다. 샅샅이 뒤져봐도 게으르거나 빈둥빈둥 노는 사람은 아무도 없었습니다. 게으름뱅이 피노키오는 바로 말했습니다.

"알았다. 이 마을은 내게 맞지 않아. 난 일을 하려고 태어나지 않았어!"

어쨌든 피노키오는 너무나 배가 고팠습니다. 하루가 지나도록 아무것도 먹지를 못했기 때문입니다. 나비나물 한 접시조차 먹지 못했습니다. 배고픔을 없애기 위해서는 두 방법밖에 남지 않았습니다. 일거리를 구하거나, 한 닢의 동전이나 빵을 구걸하는 것이었습니다.

동냥을 하는 것은 부끄러운 일이었습니다. 그의 아빠는 피노키오에게 항상 말했습니다. 동냥은 노인들이나 아픈 사람들만 하는 것이라고. 이 세상에서 도움을 받고 동정을 받아야 할 정말 불쌍한 사람은, 나이가 많거나 몸이 불편해서 더이상 그들의 손으로 일을 하지 못해 빵을 살 수 없는 사람들이라고. 그리고 다른 모든 사람들은 일을 해야 하는 의무를 가지고 있다고. 만일 일을 하지 않고 배가 고픈 것이라면 한심한 것이라고 말이죠.

그런 생각을 하고 있는 동안, 한 남자가 땀으로 범벅이 된 채 숨을 헐떡거리며 길을 지나가고 있었습니다. 이 남자는 혼자서 석탄이 가득 든 손수레 두 대를 헉헉대며 끌고 있었습니다. 피노키오는 그 남자의 얼굴을 보고 착한 사람이라고 판단을 하고서, 그에게 가까이 가서 부끄러움에 눈을 내리깔고 낮은 목소리로 말했습니다.

"배가 고파 죽을 지경인데 동전 한 닢만 주시겠어요?"

그러자 석탄 장수는 말했습니다.

"이 석탄 손수레 두 대를 집까지 끌어주는 것을 도와주면 한 닢이 아니라 네 닢도 줄 수 있어."

꼭두각시 인형은 기분이 상해 대답했습니다.

"세상에! 난 당나귀 노릇을 한 적도 없고 손수레를 끌어 본 적도 없어요!"

석탄 장수는 대답했습니다.

"잘났구나! 얘야, 정말로 네가 죽을 지경으로 배가 고프다면 네 교만함을 두 조각 잘 썰어서 먹으려무나. 체하지 않게 조심하고."

몇 분 후에 석회통을 어깨에 짊어진 벽돌공이 지나갔습니다.

"성실한 아저씨, 제발 부탁드리는데 배고픔에 신음하는 불쌍한 아이에게 동전 한 닢만 주시겠어요?"

벽돌공은 말했습니다.

"기꺼이. 석회통을 들고 나와 함께 가면 말이지. 그럼 한 닢이 아니라 다섯 닢도 주겠어."

피노키오는 대답했습니다.

"하지만 석회통은 무거워요. 전 힘들게 일하고 싶지 않아요."

"그래? 힘들게 일하고 싶지 않다면 하품이나 하며 즐기렴. 건강하길."

이렇게 삼십 분이 채 지나기도 전에 스무 명의 사람이 지나갔습니다. 피노키오는 모두에게 구걸을 했지만 모두가 그에게 대답했습니다.

"부끄럽지도 않니? 길에서 빈둥거리며 놀지 말고 차라리 일자리를 찾아봐. 그리고 빵을 얻을 수 있는 일을 배우렴!"

마침내 착한 아가씨가 물동이 두 개를 들고 지나갔습니다.

"선량한 아가씨, 당신의 물동이에서 물 한 모금만 얻어 마실 수 있을까요?"

목이 타던 피노키오가 말했습니다.

"자, 마시렴!"

두 물동이를 내려놓으며 아가씨는 말했습니다.

피노키오는 벌컥벌컥 물을 마시고 입을 닦으며 낮은 소리로 중얼거렸습니다.

"갈증이 이제야 가시네! 이렇게 배고픔이 가시면 좋겠는데!"

착한 아가씨는 이 말들을 듣자마자 바로 덧붙여 말했습니다.

"네가 이 물동이들을 집에 가져다 놓는 걸 도와주면 네게 맛있는 빵조각을 주겠어."

피노키오는 물동이를 바라보며 아무 대답도 하지 않았습니다.

"기름에 식초로 양념한 맛있는 브로콜리 한 접시를 빵과 함께 줄게."

착한 아가씨는 덧붙여 말했습니다. 그러나 피노키오는 다시 한번 물동이를 힐끗 보며 대답하지 않았습니다.

"그럼 브로콜리 한 접시 다음에 로솔리오*가 들어간 맛있는

* 장미 줄기가 들어간 이탈리아의 알코올 음료.

사탕을 줄게."

이 마지막 유혹에 피노키오는 더 이상 참을 수가 없었습니다. 그래서 단단히 맘을 먹고 대답했습니다.

"할 수 없지요! 집까지 물동이를 들어 줄게요!"

물동이는 너무 무거웠습니다. 손에 물동이를 들만한 힘이 없던 피노키오는 머리에 이고 갔습니다. 집에 도착했을 때 착한 아가씨는 피노키오를 작은 테이블에 앉게 하고 앞에 빵과 양념된 브로콜리와 사탕을 내놓았습니다.

피노키오는 게걸스럽게 음식을 먹어치웠습니다. 조금씩 조금씩 배고픔이 사라지자 피노키오는 은인에게 감사의 인사를 하려고 머리를 들었습니다. 그러나 아가씨의 얼굴을 똑바로 바라보기도 전에 "아아!" 하고 긴 탄성을 질렀습니다. 포크는 공중으로 날아간 지 오래였습니다. 입에는 빵과 브로콜리를 가득 물고 눈은 크게 뜬 채 넋을 잃고 말았습니다.

"왜 그렇게 놀라니?"

착한 아가씨는 웃으며 말했습니다. 피노키오는 눈물을 흘리며 대답했습니다.

"당신은…… 당신은, 닮았어요. 기억해보세요. 맞아요. 같은 목소리, 같은 눈! 같은 머리…… 맞아요, 맞아요, 맞아요, 당신도 파란 머리예요. 요정님처럼요! 오 나의 요정님! 요정님! 말해보세요! 당신이라고, 바로 당신이라고! 더 이상 날 울리지 마세요! 알잖아요! 정말 많이 울었어요. 정말 많이 울었단 말이예요!"

이렇게 말하고는 피노키오는 폭포수처럼 눈물을 흘리며 땅에 무릎을 꿇고 그 신비로운 아가씨의 무릎을 꼭 끌어안았습니다.

25장

피노키오는 착한 아이가 되어 공부도 하겠다고
요정에게 약속합니다. 꼭두각시 인형으로 사는 것은
피곤하기 때문에 착한 아이가 되고 싶어합니다.

처음엔 착한 아가씨는 그녀가 파란 머리의 작은 요정이 아니라고 말했습니다. 그러나 이제 피노키오가 다 알아버렸고 더이상 길게 우스운 장난을 하고 싶지 않아서 결국 인정하고 피노키오에게 말했습니다.

"이 장난꾸러기 꼭두각시 인형아! 어떻게 나인 줄 알았지?"

"당신이 말한 것처럼 전 요정님을 정말 많이 사랑해요."

"기억하니, 응? 네가 날 떠났을 때 난 아이였는데 지금은 여인이 되어 있구나. 네 엄마 노릇을 해도 될 정도의 여인으로 말이야."

"그게 더 좋아요. 이젠 누나가 아니라 우리 엄마라고 부를 수 있으니까요. 다른 모든 아이들처럼 엄마가 있었으면 좋겠다고 오래 전부터 바라고 있었어요! 그런데 어떻게 그렇게 빨리 클 수가 있어요?"

"그건 비밀이란다."

"제게도 가르쳐주세요. 저도 조금은 크고 싶어요. 좀 보세요, 전 항상 키가 아주 작아요."

"하지만 넌 클 수 없는걸."

요정은 대답했습니다.

"왜요?"

"꼭두각시 인형은 결코 자랄 수가 없기 때문이지. 꼭두각시 인형으로 태어나서 꼭두각시 인형으로 살다가 꼭두각시 인형으로 죽는 거지."

"아……! 항상 꼭두각시로 살아가는 건 피곤해요!"

피노키오는 모자를 벗으면서 소리쳤습니다.

"만약 나도 사람이 된다면……!"

"그렇게 될 거란다. 그럴 만한 자격을 갖춘다면 말이지."

"정말요? 자격을 갖추기 위해 뭘 할 수 있지요?"

"아주 쉬워. 정직한 아이가 되는 습관을 들이면 된단다."

"아, 전 정직한 아이가 아닌가요?"

"전혀 아니지! 정직한 아이들은 말을 잘 듣지. 하지만 넌……."

"전 전혀 말을 듣지 않지요."

"정직한 아이들은 공부하고 일하는 것에 열정을 다하지. 하지만 넌……."

"하지만 전, 게으름뱅이에 일 년 내내 빈둥거리며 여기저기 돌아다니지요."

"정직한 아이들은 항상 진실만을 말하지."

"하지만 전 항상 거짓말을 하죠."

"정직한 아이들은 학교에 가는 걸 좋아하지."

"하지만 나에겐 학교는 온몸을 아프게 하는 곳이예요. 그러나 오늘부터 생활습관을 바꾸고 싶어요."

"나랑 약속하겠니?"

"약속할게요. 정직한 아이가 되고 싶어요. 그리고 아빠의 기쁨이 되고 싶고요. 이 시간에 불쌍한 우리 아빠는 어디에 계실까요?"

"나도 잘 모르겠구나."

"아빠를 다시 보고 껴안아 드릴 수 있게 될까요?"

"그렇게 될 거야. 아니 난 틀림없이 그렇게 되리라 믿어!"

요정의 대답에 피노키오는 아주 만족하고 요정의 손을 잡고 손등에 키스를 퍼붓기 시작했습니다. 그리고 고개를 들고 사랑이 넘쳐나는 얼굴로 요정을 바라보며 물었습니다.

"엄마, 말해주세요. 그렇다면 엄마가 죽은 게 사실이 아니죠?"

"아마도 사실이 아닐 거야."

요정은 웃으면서 대답했습니다.

"여기에 누웠다-라는 글을 읽었을 때 느꼈던 고통과 목메임을 엄마가 알았다면……."

"알고 있고말고. 그래서 내가 널 용서했단다. 네 고통은 네가 착한 마음을 가지고 있다는 진실을 알게 해주었지. 마음이 착한 아이들은 조금 말썽꾸러기이고 나쁜 습관을 가졌다고 해도 항상 희망이 있는 법이거든. 올바른 길로 들어서리라는 희망이 항상 있단다. 그래서 여기까지 널 찾으러 온 거 아니니. 이제 난 네 엄마가 될 거야."

"와아! 너무나 멋진 일이에요!"

피노키오는 기뻐서 펄쩍 뛰며 소리쳤습니다.

"너는 내 말을 잘 들어야 할 거야. 그리고 항상 내가 네게 말한 대로 해야 해."

"기꺼이 그럴 거예요, 기꺼이, 기꺼이요!"

요정은 덧붙여 말했습니다.

"그리고 내일부터 학교에 다녀야 해."

피노키오의 기쁨은 곧바로 조금 사그라들었습니다.

"그리고 네가 좋아하는 기술이나 일을 선택해야 할 거야."

피노키오는 심각해졌습니다.

"뭐라고 웅얼웅얼거리는 거야?"

요정이 화가 난 목소리로 물었습니다.

피노키오는 낮은 목소리로 중얼거렸습니다.

"제가 말한 건…… 이제 학교에 가는 건 좀 늦지 않았나…… 라는 말이었어요."

"아니에요. 도련님. 공부를 하고 배우는 것에는 늦음이 없다는 것을 머릿속에 기억해 둬."

"하지만 난 기술도 배우기 싫고 일도 하기 싫어요."

"왜?"

"왜냐면 힘드니까요."

요정은 말했습니다.

"애야, 그렇게 말하는 사람들은 거의 다 감옥이나 병원에 가고 말아요. 사람은 부자로 혹은 가난한 사람으로 태어나도 뭔가를 하거나 일을 해야 하는 게 이 세상의 법칙이야. 게으름 피우며 산다는 건 위험한 일이야! 게으름은 아주 나쁜 병이란다. 어릴 때부터 당장 고칠 필요가 있어. 아니면 나중에 커서도 고칠 수가 없지."

이 말들은 피노키오의 마음에 와 닿았습니다. 피노키오는 재빠르게 머리를 다시 들고 요정에게 말했습니다.

"공부할래요. 그리고 일도 할래요, 엄마가 말한 모든 것을 하겠어요. 어쨌든 꼭두각시 인형의 삶은 너무 지루하기 때문이에요. 그리고 어떤 일이 있더라도 진짜 소년이 되고 싶어요. 내게 약속한 거죠? 그렇지 않나요?"

"약속할게. 이젠 너 하기에 달렸어."

26장

피노키오는 학교 친구들과 함께
무서운 상어를 보러 해변에 갑니다.

다음날 피노키오는 시립학교에 갔습니다.

꼭두각시 인형이 학교에 들어가는 것을 본 그 말썽꾸러기 아이들을 상상해보세요! 아이들은 끝도 없이 웃어댔습니다. 어떤 아이의 장난을 시작으로 피노키오에게 장난을 치는 아이들이 점점 많아지기 시작했습니다. 어떤 아이는 손으로 피노키오의 모자를 벗겼고 어떤 아이는 윗옷을 뒤에서 잡아당겼습니다. 또 다른 아이는 코 아래에 커다란 두 수염을 잉크로 그리려고 했고 어떤 아이는 발과 손을 실로 묶어서 춤추게 하려고 했습니다. 얼마 동안 피노키오는 침착하게 참았답니다. 그러나 마침내 피노키오는 참을성을 잃고 제일 심하게 장난치고 놀려댔던 아이들을 향해 얼굴을 돌리면서 화를 냈습니다.

"너희들, 조심해! 난 너희들의 놀림감이 되려고 여기 온 게 아니야. 난 다른 사람들을 존중해. 그러나 나도 존중 받고 싶어."

"훌륭한 악마군! 책에 적힌 대로 말하고 있어!"

말썽꾸러기들은 깔깔대며 소리쳤습니다. 다른 아이들보다 더 세 보이던 아이 하나가 꼭두각시의 인형의 코끝을 잡으려는 생각에 손을 길게 내밀었습니다. 그러나 결국 코를 잡지는 못했습니다. 참다 못한 피노키오는 책상 아래로 다리를 쭉 뻗었습니다. 그리고 그 아이의 정강이를 걷어찼습니다.

"아얏! 발이 왜 이리 딱딱해!"

아이는 발로 차여서 멍든 부분을 쓰다듬으면서 외마디 비명을 질렀습니다.

"팔꿈치도 그래! 발보다 더 딱딱해!"

다른 아이도 말했습니다. 그 아이도 피노키오에게 심한 장난을 쳤다가 팔꿈치로 배를 얻어맞았던 것입니다. 그렇게 발로 차고 팔꿈치로 때리고 난 후, 신기하게도 피노키오는 바로 학교의 친구들 모두에게 호감을 샀습니다. 모두 피노키오를 많이 귀여워하고 좋은 친구가 되고 싶어했습니다. 또한 선생님도 피노키오를 칭찬했습니다. 피노키오가 공부도 잘하고 똑똑하며 항상 제일 먼저 등교해서 제일 늦게 집에 가는 학생이라고 생각했기 때문입니다.

그러나 딱 하나 피노키오의 단점은 너무나 많은 친구들과 어울린다는 것이었습니다. 이들 중에는 공부하기 싫어하고 좋은 일 하는 것도 싫어하는 것으로 유명한 말썽꾸러기도 있었습니다. 선생님은 피노키오에게 매일 주의를 줬습니다. 그리고 착한 요정님도 여러 번 반복해서 피노키오에게 말했습니다.

"조심해, 피노키오! 네 친구들은 언젠간 네가 공부에 흥미를 잃게 만들 거야. 그래서 네게 불행이 닥치게 할지도 몰라."

"에이, 절대 그럴 리 없어요!"

꼭두각시 인형은 어깨를 으쓱대며 대답했습니다. 마치 '나도 속으로 다 판단하고 있어요!'라고 말하는 것 같았습니다.

어느 화창한 날 피노키오는 학교로 걸어가다가 여느 때처럼 반 친구들을 만났습니다. 친구들은 피노키오에게 다가오며 말했습니다.

"너 소식 들었어?"

"무슨 소식?"

"여기 바다 근처에 산처럼 큰 상어가 나타났대."

"정말? 불쌍한 우리 아빠를 잡아 삼킨 상어이지 않을까?"

"우리 상어 보러 바다에 가자. 너도 같이 갈래?"

"아니. 난 학교로 갈래."

"학교가 뭐가 중요해? 내일 가면 되지. 수업 하나를 더 듣거나 덜 듣거나 항상 멍청한 건 똑같다고."

"선생님께서 뭐라 하실 텐데……."

"선생님께서 뭐라 하든 냅둬. 매일매일 잔소리하고 월급 받는 거니까."

"그럼 우리 엄마는?"

"바보야, 엄마들은 아무것도 몰라."

그 악동들은 대답했습니다.

피노키오는 말했습니다.

"나도 상어가 보고 싶어. 하지만 방과 후에 보러 갈 거야."

"멍청아! 그 커다란 상어가 네가 보러 올 때까지 거기서 가만히 기다려 줄 것 같애? 싫증을 느끼자마자 다른 곳으로 갈 거야. 그럼 우리만 보고 끝나는 거지."

한 아이가 맞받아쳤습니다.

"여기서 해변까지 얼마나 걸릴까?"

꼭두각시 인형은 물어봤습니다.

"한 시간 정도면 갔다 오지."

"좋아, 가자! 누가 더 빨리 달리는지 내기하자!"

피노키오는 외쳤습니다. 그리고 그 말썽꾸러기 친구들과 함께 책과 공책들을 겨드랑이 사이에 끼고 들판을 가로질러 달렸습니다. 선두로 달리는 그는 마치 발에 날개를 단 듯 했습니다. 그리고 가끔씩 뒤를 돌아보며 멀리서 뒤쳐진 친구들을 놀려댔습니다. 숨이 차서 헐떡이며 먼지를 뒤집어 쓰고 달려오는 친구들을 보며 피노키오는 깔깔거렸습니다. 불쌍한 피노키오는 자기가 어떤 무서움과 끔찍한 불행을 향해 가고 있는지 몰랐습니다!

27장

피노키오와 친구들 사이에 큰 싸움이 벌어지고
친구 한 명이 다쳐 피노키오는 경찰관에게 체포됩니다.

해변에 도착했을 때 피노키오는 곧장 바다를 유심히 둘러보았습니다. 그러나 상어는 보이지 않았습니다. 바다는 유리 거울처럼 매끄럽고 잔잔했습니다.

"상어는 어디 있어?"

피노키오는 돌아보며 친구들에게 물었습니다.

"아침식사 하러 갔을 거야."

친구들 중 하나가 대답했습니다.

"아니면 낮잠 자려고 갔나?"

다른 아이가 깔깔대고 웃으며 덧붙였습니다. 일관성 없는 대답들과 키득거리는 웃음들 때문에 피노키오는 친구들이 못된 농담을 했다는 것을 깨달았습니다. 피노키오는 너무 기분이 상해서 화난 목소리로 친구들에게 말했습니다.

"지금 뭐하는 거야? 상어가 있다고 꾸며댄 이유가 뭐야?"

"이유는 당연히 있지!"

그 장난꾸러기들은 합창하듯 한 목소리로 대답했습니다.

"그게 뭔데?"

"니가 학교를 빠지게 하려고 했지. 매일 그렇게 정확한 시간에 열심히 학교에 나가는 게 부끄럽지 않니? 그렇게 열심히 공부하는 게 부끄럽지 않아? 어떻게 그렇게 해?"

"내가 공부하는 게 너희랑 무슨 상관인데?"

"우리하고 상관이 엄청나게 있지, 너는 우리를 선생님 앞에서 나쁜 학생들로 만들고 있어!"

"뭐라고?"

"공부하는 학생들은 우리 같이 공부에 관심 없는 학생들을 항상 눈에 띄지 않게 만들잖아. 우린 이렇게 투명인간처럼 지내고 싶지 않아! 우리도 자존심이 있거든!"

"그럼 내가 어떻게 해야 너희들이 만족하겠니?"

"너도 우리의 세 가지 적인 학교, 수업, 선생님에 우리처럼 싫증을 내야만 해."

"만약에 내가 계속해서 공부한다면?"

"더 이상 네 얼굴을 쳐다도 안 보겠어. 그리고 기회가 오면 대가를 치르게 할 거야!"

"솔직히 너희들 좀 웃긴다."

꼭두각시 인형은 머리를 살짝 저으면서 말했습니다.

"야, 피노키오!"

그 아이들 중 제일 큰 아이가 피노키오에게 얼굴을 들이밀며 소리쳤습니다.

"시건방 떨지 마! 까불지 말라고! 네가 우리를 무서워하지 않으면 우리도 네가 무섭지 않아! 넌 혼자고 우리는 일곱 명이라는 것을 기억해 둬!"

피노키오는 비웃으며 말했습니다.

"시체처럼 힘 없는 일곱 명을 무서워하라고?"

"야, 다들 들었어? 저게 우리 모두를 모욕했어! 우리를 시체라고 했다고!"

"피노키오! 당장 사과해! 아니면 가만 안 둘 거야!"

"웃기네!"

꼭두각시 인형은 코끝을 둘째 손가락으로 톡톡 치면서 비웃었습니다.

"넌 이제 죽을 줄 알아!"

"어 그래!"

"당나귀처럼 맞아볼래?"

"어디 해 봐!"

"코피 터져서 집에 돌아가고 싶냐?"

"해 보라니까?"

그 말썽꾸러기들 중 가장 대담한 아이가 소리쳤습니다.

"지금 내가 네게 한방을 날리겠어! 일단 이거나 드시지, 나머지는 오늘 저녁에 저녁식사로 먹어버려!"

그는 이렇게 외치며 피노키오의 머리를 주먹으로 쳤습니다.

하지만 꼭두각시 인형은 마치 기다리고 있었다는 듯 즉시 주먹으로 답했습니다. 그 순간에 다른 주먹이 날아왔고, 이렇게 싸움은 점점 커지고 거칠어져 갔습니다.

피노키오는 혼자였지만 마치 영웅이 된 듯 자신을 방어했습니다. 그의 딱딱한 나무 발들을 아주 잘 이용했고 적들과 일정한 간격을 유지했습니다. 그의 발이 닿는 곳마다 멍자국이 남았습니다.

그러자 꼭두각시 인형과 육탄전을 할 수 없음에 화가 난 아이들은 던질 물건이 손에 있다는 것을 생각했고 가방을 풀어서 피노키오를 향해 철자교본 책, 문법 책, 지안네티노* 책, 미누쫄로** 책, 토우아르의 이야기 책, 소설가 바춰니가 쓴 책《병아리》, 그리고 그 외의 교재들을 던지기 시작했습니다. 그러나 꼭두각시 인형은 눈치가 빠르고 민첩해서 계속 피했습니다. 그 책들은 피노키오의 머리 위를 지나 바다로 모두 떨어졌습니다.

물고기들을 상상해 보세요! 그 책들이 먹이인 줄 알고는 수면으로 떼 지어 달려들었습니다. 그러나 책장이나 앞표지를 덥석 물고 난 후 바로 주둥이를 찡그리며 내뱉었습니다. 마치 "우리의 먹이가 아니잖아? 우리는 훨씬 맛있는 먹이에 익숙한데 말이

* 피노키오의 작가 카를로 콜로디가 쓴, 지안네티노의 이탈리아의 여행기를 담은 책.

** 피노키오의 작가 카를로 콜로디가 쓴, 중산층 아이들에게 덕을 가르치기 위한 책.

지!" 하고 말하는 듯 했습니다.

어쨌든 싸움은 계속되며 더 거칠어졌습니다. 이때 커다란 게가 천천히 해변까지 기어 올라와 감기에 걸린 나팔 소리 같은 목소리로 외쳤습니다.

"그만들 해! 이 말썽꾸러기들아! 아이들 사이의 싸움은 좋게 끝나는 법이 드물지. 항상 불행한 일이 터지거든!"

불쌍한 게는 바람을 상대로 설교를 한 것 같았습니다. 아니, 저 말썽꾸러기 피노키오는 뒤로 돌아서 게를 흘겨보며 난폭하게 말했습니다.

"입 닥쳐, 이 짜증나는 게야! 이끼 알약 두 알 먹고 목감기나 낫게 하시지, 차라리 잠이나 자면서 땀을 빼거나!"

던지던 모든 책들이 동이 나자 아이들은 꼭두각시 인형의 책가방을 얼른 낚아챘습니다.

이 책들 중 두꺼운 종이로 겉표지를 만들고 양피지로 모서리를 감싸서 갈빗대로 엮은 두꺼운 책이 있었습니다. 그 책은 산술에 관한 논문이었습니다. 무게가 얼마나 될지는 여러분의 상상에 맡기겠습니다.

말썽꾸러기 중 하나가 그 책을 집더니 피노키오의 머리를 겨누고 온 힘을 다해서 던졌습니다. 그러나 꼭두각시 인형 대신 자기 친구들 중 한 명의 머리를 맞혔습니다. 그 아이는 순식간에 세탁된 빨래처럼 하얗게 되었습니다. 그리고 이 말밖에 하지 못했습니다.

"엄마, 살려주세요, 나 죽어요!"

그리고 모래사장에 쓰러졌습니다. 죽은 사람처럼 누워 있는 친구를 보고 아이들은 깜짝 놀라 도망쳤고 순식간에 사라졌습니다. 하지만 피노키오는 그 자리에 남았습니다. 아프기도 했고 깜짝 놀라기도 한 피노키오도 산 사람이라기보다 죽은 사람 같았습니다. 그럼에도 불구하고 바닷물에 달려가 손수건을 적셔 그 불쌍한 학교 친구의 이마를 닦아주었습니다. 두려움과 괴로움에 폭포수 같은 눈물을 흘리면서 그 친구의 이름을 불렀습니다.

"에우제니오! 에우제니오! 눈을 떠봐, 날 봐! 왜 대답을 안하는 거야? 내가 한 게 아니야. 알잖아, 난 널 다치게 하지 않았어! 믿어줘. 내가 한 게 아니야! 눈을 떠, 에우제니오. 눈을 감고 있으면 나 또한 죽게 만드는 거야. 어떻게 집에 돌아가야 하지? 무슨 용기로 우리 착한 엄마를 볼 수 있을까? 나 어떻게 되는 거지? 어디로 도망가야 하지? 어디 가서 숨어야 하지? 오! 학교에 가는 것이 천 배는 더 나았을 텐데. 왜 도움이 안 되는 이 친구들이 하자는 대로 했을까? 선생님도 내게 그렇게 말씀하셨는데! 그리고 우리 엄마도 내게 여러 번 '나쁜 친구들과 어울리지 마!' 라고 말씀하셨는데. 난 진짜 고집불통에 황소고집이야. 모두가 말려도 난 항상 내 멋대로 해 왔어. 그리고 대가를 치르곤 했지. 난 세상에 태어난 이후로 착한 일을 한 적이 거의 없어. 맙소사! 나는 어떻게 되지? 난 어떻게 되는 거야? 난 어떻게 될까?"

피노키오는 계속 울었습니다. 그리고 계속 소리지르고 자기 머리를 주먹으로 때리며 불쌍한 에우제니오의 이름을 불렀습니다. 그때 묵직한 발자국 소리가 들렸고 피노키오는 고개를 들었습니다. 두 명의 경찰관이 그의 앞에 서 있었습니다.

"땅에 엎드려서 뭐하는 거냐?"

"학교 친구를 도와주고 있어요."

"친구가 아프니?"

"그런 거 같아요!"

경찰관 중 한 명이 허리를 굽혀 에우제니오를 가까이서 살펴보며 말했습니다.

"아픈 정도가 아니야! 이 아이는 이마에 상처를 입었어. 누가 다치게 했니?"

"난 아니에요."

꼭두각시 인형은 더듬거렸습니다.

"네가 하지 않았으면 도대체 누가 다치게 했다는 거니?"

"정말 난 아니에요!"

피노키오는 다시 대답했습니다.

"앤 어떻게 다친 거지?"

"이 책을 머리에 맞았어요."

꼭두각시 인형은 두꺼운 종이와 양피지로 엮은 책을 집어들고 경찰관들에게 보여줬습니다.

"이 책은 누구 건데?"

"제 거예요."

"그럼 됐어. 다른 설명은 필요없구나. 당장 일어나 우리랑 함께 가자."

"하지만 난……."

"일어나, 가자니까!"

"전 죄가 없어요……."

"가자고!"

떠나기 전에 경찰관들은 배를 타고 해변 근처을 지나던 몇 명의 어부들을 불러서 부탁했습니다.

"여기 머리를 다친 아이를 부탁합니다. 집으로 데려가셔서 치료해 주세요. 내일 다시 이 아이를 보러 오겠습니다."

그러고 나서 그들 사이에 피노키오를 세우고 군인처럼 명령을 내렸습니다.

"앞으로 가! 빨리 걸어! 그렇지 않으면 너한테 안 좋을 거야!"

반복할 필요도 없이 꼭두각시 인형은 그 마을로 가는 오솔길을 걷기 시작했습니다. 하지만 불쌍한 악동은 그조차도 자기가 무슨 세상에 있는지 알 수가 없을 정도였습니다. 마치 꿈을 꾸고 있는 듯 했습니다. 그것도 악몽으로요! 피노키오는 제정신이 아니었습니다. 모든 것이 겹쳐 보였습니다. 다리는 후들후들 떨렸고 혀는 입천장에 붙어서 한 마디도 할 수 없었습니다. 하지만 그렇게 망연자실하고 심하게 놀란 와중에도 그의 심장은 아주 날카로운 가시로 찔리는 것 같았습니다. 경찰관들에게 붙잡힌 채 착한 요정의 집 창문 아래를 지나가야 한다는 생각 때문이었습니다. 그런 모습을 보이느니 차라리 죽는 것이 나을 것 같았습니다.

그들은 마을에 도착하여 들어가려고 했습니다. 그런데 돌풍이 불어 피노키오의 모자가 날아가 버렸습니다. 모자는 열 걸음 정도 떨어진 곳에 떨어졌습니다. 꼭두각시 인형은 경찰관들에게 조심스럽게 말했습니다.

"괜찮으시면 제 모자를 주워 와도 되나요?"

"가거라. 하지만 빨리 집어 와야 한다."

꼭두가시 인형은 가서 모자를 주웠습니다. 그러나 머리에 쓰기도 전에 입에 물고 해변가를 전속력으로, 총알처럼 빨리 달리기 시작했습니다. 경찰관들은 피노키오를 잡기 어렵겠다고 판단하고 커다란 사냥개를 풀어 뒤쫓게 했습니다. 모든 개 경주대회에서 일등을 거머쥔 개였습니다. 피노키오는 달렸습니다. 그러나 개는 피노키오보다 더 빨리 달렸습니다. 모든 사람들은 이 잔인한 경주가 어떻게 끝날지 궁금해서 안달하며 창문에 얼굴을 내밀거나 길 한복판에 몰려 섰습니다. 그러나 아무도 결과를 볼 수가 없었습니다. 왜냐면 사냥개와 피노키오는 길을 따라 뛰며 먼지 구름을 일으켜서 몇 분 뒤에는 아무 것도 볼 수 없었기 때문입니다.

28장

피노키오는 생선튀김이 될 위험에 처합니다.

필사적으로 달리는 동안 무서운 순간이 닥쳤습니다. 피노키오가 이젠 죽었구나 했던 순간이었습니다. 사냥개 알리도로가 미친듯이 달리고 또 달려 피노키오에게 거의 다가왔다는 것을 알았기 때문입니다. 꼭두각시 인형은 자신의 한 뼘 뒤에서 그 난폭한 개가 가쁜 숨을 헐떡이고 뜨거운 입김을 내뿜는 소리까지 들었습니다.

다행히도 해변은 가까이에 있었고 몇 걸음 앞에 바다가 보였습니다. 해변에 도착하자마자 꼭두각시 인형은 마치 개구리가 뛰어오르듯이 멋지게 도약하여 물 한가운데로 뛰어들었습니다. 알리도로는 멈추고 싶었지만 돌진하여 달려온 속도 때문에 같이 바다에 들어가고 말았습니다. 불쌍한 개는 헤엄칠 줄 몰랐고 물 위에 뜨려고 발을 허우적거렸습니다. 그러나 허우적거릴수록 머리는 물 아래로 잠겼습니다.

머리를 밖으로 다시 내밀 때 그 불쌍한 개는 공포에 질려 재채기를 하면서 짖기 시작했습니다.

"물에 빠져 죽겠어! 물에 빠져 죽겠어!"

"빠져 죽어라!"

멀리서 있던 피노키오는 이젠 안전하다고 생각하고 건성으로 대답했습니다.

"도와줘, 피노키오! 날 구해줘!"

애타게 부르짖는 소리에, 사실 착한 마음을 가진 꼭두각시 인형은 그를 가엾게 여기기 시작했습니다. 그리고 개를 향해 소리쳤습니다.

"널 살려주면 더 이상 날 귀찮게 하지 않고 뒤쫓아오지 않겠다고 약속할래?"

"약속할게! 진짜야! 제발 부탁해! 네가 삼십 초만 지체해도 난 죽는단 말이야!"

피노키오는 조금 머뭇거렸습니다. 그러나 피노키오에게 선한 행동은 절대 손해보지 않는다고 여러 번 말한 아빠를 생각하고 선 알리도로에게 헤엄쳐 갔습니다. 그리고 두 손으로 그의 꼬리를 잡고 모래사장으로 무사히 데려왔습니다.

이 불쌍한 개는 다리에 힘이 풀려 서 있을 수조차 없었습니다. 바닷물을 너무 많이 마셨고 몸은 공처럼 부풀어 올랐습니다. 한편 꼭두각시 인형은 개를 완전히 믿지는 않아서 신중하게 다시 물에 몸을 던졌습니다. 해변에서 점점 멀어지며 구해준 친구에게 소리쳤습니다.

"안녕, 알리도로, 좋은 여행 하고 집에 안부 전해드려."

"안녕, 피노키오. 구해줘서 정말 고마워. 넌 내 은인이야. 이 세상에서 한 일은 다 보상 받을 거야. 기회가 된다면 우리 다시 만나!"

피노키오는 계속해서 육지에 가까이 가려 했습니다. 그러다 마침내 안전한 곳에 도착한 것 같았습니다. 그는 해변을 둘러보다가 바위 사이에서 동굴을 보았습니다. 그곳에서 아주 긴, 깃털 같은 연기가 나오고 있었습니다.

피노키오는 혼잣말을 했습니다.

"저 동굴엔 분명히 불이 있을 거야. 잘됐다! 일단 몸 좀 말리고 따뜻하게 해야겠어. 그 다음엔 어쩐다? ……뭐 어떻게든 되겠지."

이렇게 대책 없는 희망을 가지고 바위에 다가갔습니다. 하지만 그곳에 기어 오르려고 했을 때 물 아래서 뭔가가 느껴졌고, 갑자기 허공으로 순식간에 들어올려졌습니다. 당장 도망치려고 했지만 때는 이미 너무 늦었습니다. 깜짝 놀란 사이 커다란 그물 안에 갇혀 버렸고 그 안에서 형태와 크기가 제각각인 물고기 떼가 필사적으로 꼬리를 흔들며 펄떡거리고 있었습니다. 바로 그 때, 바다 괴물 같아 보이는 못생긴 어부가 동굴에서 나오는 것이 보였습니다. 머리카락 대신에 초록색의 물풀들이 머리에 빽빽이

돋아 있었고 몸 전체가 초록색이었습니다. 초록 눈에, 아주 긴 초록 수염도 가지고 있었습니다. 마치 뒷발로 서 있는 커다란 도마뱀 같았습니다. 그는 그물을 당기면서 굉장히 만족해서 소리쳤습니다.

"신이시여, 감사합니다! 오늘도 물고기를 배 터지게 먹을 수 있겠군!"

'그래도 다행이군. 난 물고기가 아니니까!'

피노키오는 속으로 생각했습니다. 물고기로 가득 찬 그물은 동굴 안으로 옮겨졌습니다. 동굴은 어둡고 연기로 가득했습니다. 동굴 한가운데에는 기름이 담긴 커다란 후라이팬이 달구어져 숨이 턱턱 막히는 기름냄새를 뿜고 있었습니다.

"자, 무슨 생선을 잡았는지 좀 볼까!"

초록 어부는 말했습니다. 그리고 용광로의 삽처럼 생긴 손을 그물 안에 넣고 마구 휘저어 숭어를 한움큼 쥐어 밖으로 꺼냈습니다.

"요놈의 숭어들은 맛있겠군!"

어부는 숭어들을 보며 기쁜 마음으로 냄새를 맡으며 말했습니다. 그리고 냄새를 맡은 후에 물도 없는 대야에 숭어들을 던졌습니다. 그리고 이 작업을 여러 번 반복했습니다. 밖으로 다른 물고기를 꺼낼 때마다 그는 입 안의 침을 꿀꺽 삼키며 기뻐했습니다.

"이놈들은 대구, 맛있겠어!"

"이놈들은 혀가자미…… 달콤하겠어!"

"요놈들은 농어구만. 맛이 탁월하겠군!"

"이 머리 달린 멸치도 고소하겠어!"

여러분도 상상할 수 있겠지만 대구, 혀가자미, 농어, 멸치들은 모두 대야 안으로 던져지며 숭어와 동반자가 되었습니다. 마지막으로 그물에 남은 것은 피노키오였습니다. 어부는 피노키오를 밖으로 빼내자마자, 놀라서 초록 눈이 휘둥그레해졌고 겁에 질려 소리쳤습니다.

"이건 무슨 물고기야? 이렇게 생긴 물고기는 한번도 먹어본 적이 없는데!"

주의깊게 이리저리 살피며 여러 방법으로 보고는 마침내 말했습니다.

"알았다. 이건 바닷게인 게 분명해."

그러자 피노키오는 자신을 게로 착각한 것에 기분이 상해 화가 난 목소리로 말했습니다.

"게라니요? 게가 뭔지 몰라요? 나를 게 취급 하는 거예요? 나는 꼭두각시 인형이라고요!"

"꼭두각시 인형? 꼭두각시 인형 물고기는 처음이야! 잘됐다! 널 더 맛있게 먹어주겠어!"

어부는 즐거워하며 대답했습니다.

"나를 먹겠다고요? 내가 물고기가 아니라는 것을 이해 못 하겠어요? 내가 당신처럼 말하고 생각한다는 것을 모르겠냐구요?"

"정말이네. 내가 보는 것처럼 네가 나처럼 말하고 생각하는 행운을 가진 물고기라니 나도 네게 맞는 예의를 갖춰야겠군."

"예의라니요?"

"우정과 특별한 존경의 표시로 어떻게 요리되고 싶은지, 선택권을 네게 주겠어. 후라이팬에 튀겨지길 원해, 아니면 토마토 소스와 함께 냄비에서 익혀지는 게 좋겠어?"

"솔직히 말하면, 차라리 날 풀어주어서 내 집으로 돌아갈 수 있게 해 주면 좋겠습니다."

피노키오는 대답했습니다.

"농담은! 이렇게 드물게 볼 수 있는 물고기를 맛볼 수 있는 기회를 너 같음 잃어버리고 싶겠니? 꼭두각시 인형 물고기는 이 바다에서 매일매일 잡히는 물고기가 아니야. 내게 맡겨. 난 널 다른 물고기들이랑 같이 후라이팬에 튀기겠어. 너도 만족할 거야. 튀겨질 친구들은 네게 위로가 될 테니!"

불쌍한 피노키오는 이 말에 울며불며 소리치고 애원하기 시작했습니다. 그리고 울면서 말했습니다.

"학교에 갔었더라면 얼마나 좋았을까! 그 친구들이 하자는 대로 해서 지금 이렇게 무서운 대가를 치르는구나!"

피노키오는 초록 어부의 수중에서 빠져나오려고 장어처럼 꿈틀대고 몸부림치며 온 힘을 다했습니다. 초록 어부는 갈대 줄기를 집어 소세지처럼 피노키오의 손과 발을 묶은 후 다른 물고기와 같이 대야에 던졌습니다.

그리고 밀가루가 가득 담긴 큰 나무 접시를 밖으로 꺼내더니 그 모든 물고기에 밀가루를 묻혔습니다. 그리고 밀가루 묻힌 생선들을 하나씩 후라이팬 안에 던졌습니다.

처음에는 불쌍한 대구들이 끓는 기름 안에서 춤을 췄고 다음엔 농어, 그 다음엔 혀가자미, 농어, 멸치 순으로 튀겨졌습니다. 그리고 피노키오 차례가 되었습니다. 피노키오는 끔찍한 죽음이 다가온 것을 보자 너무 떨리고 진이 빠져서 더 이상 살려달라고 애원할 힘도 없고 목소리조차 잠겨버렸습니다.

불쌍한 피노키오는 눈으로 애원했습니다! 그러나 초록 어부는 거들떠보지도 않고 밀가루에 대여섯 번 굴리며 머리부터 발끝까지 밀가루를 잘 입혔습니다. 피노키오는 마치 석고로 만든 꼭두각시 인형처럼 되었습니다.

그리고 어부는 피노키오의 머리를 잡고…….

29장

피노키오는 요정의 집으로 돌아갑니다.
요정은 다음날부터 피노키오가 더 이상 꼭두각시 인형이 아니라
진짜 사람이 될 거라고 약속합니다.

어부가 후라이팬에 피노키오를 던지려고 할 찰나에, 코끝을 찌르는 고소한 튀김 냄새에 이끌려 동굴로 커다란 개 한 마리가 들어왔습니다.

"저리 비켜!"

어부는 한손엔 밀가루를 묻힌 꼭두각시 인형을 쥔 채 개에게 성을 내며 소리쳤습니다. 그러나 불쌍한 개는 너무나 배가 고파서 멍멍 짖고 꼬리를 흔들면서 이렇게 말하는 듯 했습니다.

"튀김 하나만 주세요. 그럼 더 이상 방해 안할게요."

"마지막이다. 저리 비켜!"

어부는 개에게 다시 말하며 걷어차려는 기세로 다리를 쭉 뻗었습니다.

그러자 정말로 배가 너무 고팠던 개는 물러서지 않고 어부를

향해 으르렁대며 날카로운 송곳니를 드러냈습니다.

그때 동굴에서 희미하고 작은 목소리가 들려왔습니다.

"나 좀 살려줘. 알리도로! 네가 날 도와주지 않으면 난 튀김 신세가 돼!"

피노키오의 목소리를 바로 알아들은 개는 굉장히 놀라더니 곧 어부의 손에 쥐여진 밀가루가 묻혀진 덩어리에서 목소리가 나오고 있는 것을 알아차렸습니다.

자, 개가 어떻게 했을까요? 땅에서 펄쩍 뛰어오르더니 밀가루가 묻혀진 덩어리를 입으로 덥석 낚아채서 이빨로 살짝 물고는 동굴 밖으로 뛰어 나갔습니다. 마치 번개처럼요! 아주 맛있게 먹으려고 한 물고기를 손에서 빼앗기자 몹시 화가 난 어부는 개를 쫓기 시작했습니다. 그러나 몇 걸음 못 가 심한 기침이 나서 동굴로 되돌아갔습니다.

한편, 알리도로는 마을로 가는 오솔길을 가다가 멈추더니 친구 피노키오를 조심스레 땅에 내려 놓았습니다. 꼭두각시 인형은 말했습니다.

"네게 얼마나 고마운지 몰라!"

"그럴 필요 없어. 너도 날 구해줬잖아. 날 구해준 일에 대한 보답이야. 이 세상에서는 서로서로 도와주며 살아야 할 필요가 있다는 것을 알아야 해."

"그런데 저 동굴엔 왜 들어온 거야?"

"여기 해변에 살아 있다기보다 죽은 듯이 계속해서 누워 있었어. 멀리서 내게 온 바람이 튀김 냄새를 몰고 온 거야. 그 냄새가 식욕을 자극해서 난 그 냄새를 따라 간 거고. 내가 일 분이라도 늦었다면!"

"말하지 마, 제발! 네가 일 분이라도 늦었다면 지금 이 순간, 난 튀김이 되어서 어부에게 먹혔고 소화가 됐을 거야. 우웁! 생각만 해도 구역질 나고 소름 돋아!"

피노키오는 계속 두려움에 떨면서 소리쳤습니다. 그러자 알리도로는 웃으며 꼭두각시 인형을 향해 오른발을 내밀었고 피노키오는 커다란 우정의 표시로 발을 힘껏 꽉 잡았습니다. 그리고 둘은 헤어졌습니다.

혼자 남은 피노키오는 조금 떨어진 오두막집으로 갔습니다. 그리고 문 앞에서 따뜻한 햇볕을 쪼이고 있던 할아버지에게 물었습니다.

"친절하신 할아버지, 에우제니오라고 불리는 이마를 다친 불쌍한 아이에 대해 아시는 게 있나요?"

"이 오두막으로 어부 몇 사람이 그 아이를 데리고 왔지. 그리고 지금은……."

"지금은 죽었어요?"

피노키오는 불안해하며 다시 물었습니다.

"아니다, 지금은 살았어. 그리고 이미 자기 집으로 돌아갔어."

"정말요? 정말이죠? 그럼 상처는 그렇게 심한 게 아니었군요?"

꼭두각시 인형은 기쁜 마음에 폴짝폴짝 뛰면서 소리쳤습니다.

"하지만 상처는 심했고 잘못했다간 죽을 수도 있었어. 두꺼운 종이로 엮인 무거운 책을 머리에 왜 던졌는지……."

할아버지는 대답했습니다.

"근데 누가 그걸 던졌대요?"

"학교 친구가 그랬다지. 피노키오라고 했던가……."

"그 피노키오가 누군데요?"

꼭두각시 인형은 시치미를 떼며 물었습니다.

"제멋대로 돌아다니고 아이들을 자주 괴롭히는 아주 못된 아이라고 말하던데……."

"모함이에요! 전부 모함이라구요!"

"넌 피노키오를 알고 있니?"

"본 적 있어요!"

꼭두각시 인형은 대답했습니다.

"그럼 넌 어떻게 생각하는데?"

할아버지는 피노키오에게 물어봤습니다.

"제 생각엔 정말 착한 아들이고, 공부를 많이 하고 싶어하고, 말 잘 듣고 그의 아빠와 가족을 많이 사랑하는……."

꼭두각시 인형은 이 모든 거짓말을 늘어놓다가 무심결에 코를 만졌습니다. 그의 코는 한 뼘이나 길어져 있었습니다! 그래서 너무 무서운 나머지 소리치기 시작했습니다.

"친절하신 할아버지, 할아버지께 제가 좋게 말한 모든 것을 귀담아 듣지 마세요. 전 피노키오를 너무 잘 알기 때문에 확신할 수 있어요. 피노키오는 말도 안 듣고 게으르고 정말 못된 아이예요. 학교를 가는 대신에 친구들과 함께 말썽 피우며 다니는 아이고요!"

이 말들을 허둥지둥 쏟아내자 코는 다시 줄어들고 예전의 크기로 돌아왔습니다.

"근데 너는 왜 이렇게 새하얀 거니?"

할아버지는 갑자기 피노키오에게 물었습니다.

"……막 회칠된 벽인 줄 모르고 몸을 비벼서 그래요."

후라이팬에 튀겨질 물고기처럼 밀가루에 묻혀졌다는 것을 이야기 하기엔 창피했기 때문에 꼭두각시 인형은 이렇게 대답했습니다.

"근데 네 윗옷과 바지, 그리고 모자는 어떻게 된 거니?"

"도둑을 만났어요. 그리고 옷을 다 빼앗겼어요. 착한 할아버지, 제가 일단 집으로 돌아갈 수 있게 혹시 낡은 옷이라도 주실 수 있나요?"

"얘야, 난 옷이라면 가시완두콩을 담을 작은 자루밖에 없단다. 원한다면 그거라도 줄게. 저기 있다."

피노키오는 두 번 말할 것도 없이 바로 자루를 집어들고 가위로 자루 밑에 작은 구멍 하나를 내고 팔을 끼울 두 개의 구멍도 만든 뒤 뒤집어 썼습니다. 그런 식으로 가볍게 걸쳐 입고는 마을로 걸어갔습니다.

그러나 길을 따라가는 동안에도 마음이 편치 않았습니다. 한

걸음 앞으로 갔다 한 걸음 뒤로 갔다 하면서 혼잣말을 하며 걸어갔습니다.

"착한 요정님한테 어떻게 말하면 좋지? 날 보면 뭐라고 할까? 이렇게 두 번이나 말썽을 피웠는데 날 용서하실까? 장담컨대 날 용서 안 하실 거야! 아아! 분명히 용서 안 하실 거야. 그게 당연한 거지. 난 항상 고친다고 약속해 놓고 결코 약속을 지키지 않는 말썽꾸러기니까!"

걱정에 싸여 망설이던 피노키오는 결국 캄캄한 밤이 되어서야 마을에 도착했습니다. 비바람이 치고 비가 억수 같이 내렸기 때문에 문을 두드리며 열어달라고 애원할 생각으로 요정의 집으로 곧장 갔습니다.

하지만 문 앞에서는 용기가 나지 않았습니다. 문을 두드리는 대신 스무 걸음이나 멀찍이 떨어져 있었습니다. 그리고 다시 문 앞으로 갔으나 아무것도 하지 못했습니다. 다시 세 번째로 문 앞에 가까이 갔으나 무엇도 할 수 없는 것은 마찬가지였습니다. 다시 뒤로 물러섰다가 결국 덜덜 떨면서 네 번째로 문 앞에 가서 쇠 문고리로 작게 한번 문을 두드렸습니다.

기다리고 기다리다 마침내 삼십 분 뒤에 꼭대기 층의 창문이 열렸습니다. 피노키오는 커다란 달팽이가 얼굴을 내미는 것을 보았습니다. 달팽이는 불 켜진 작은 램프를 머리에 얹고서 말했습니다.

"이 시간에 누구세요?"

"저, 요정님이 집에 계신가요?"

"요정님은 주무셔. 깨우지 말라고 하셨어. 근데 넌 누구니?"

"나야!"

"니가 누군데?"

"피노키오."

"그게 누군데?"

"요정님의 집에 같이 살고 있는 꼭두각시 인형이에요."

"아! 알겠다. 기다려. 지금 아래로 내려가 바로 문 열어 줄게."

달팽이는 말했습니다.

"제발 부탁인데, 서둘러 주세요. 추워서 죽을 지경이에요."

"얘야, 나는 달팽이야. 달팽이들은 결코 서두르지 않는 법이지."

한 시간이 지났습니다. 그리고 두 시간이 지났습니다. 문은 아직도 열리지 않았습니다. 추위와 두려움, 그리고 쏟아지는 비를 맞으며 떨고 있던 피노키오는 두 번째로 문을 두드리기로 결심하고는 좀 세게 문을 두드렸습니다.

그러자 첫 번째로 열렸던 바로 아래 층의 창문이 열리고 아까의 달팽이가 얼굴을 내밀었습니다. 피노키오는 소리쳤습니다.

"아름다우신 달팽이님, 벌써 두 시간째예요! 이 무서운 밤에 두 시간은 2년보다 더 긴 시간인 것 같아요. 부탁인데 제발 서둘러 주세요."

달팽이는 아주 조용하고 침착하게 대답했습니다.

"얘야, 나는 달팽이란다. 달팽이들은 결코 서두르지 않아."

그리고 창문이 닫혔습니다. 잠시 후 자정을 알리는 종소리가 울렸습니다. 그리고 한 시를 알리는 소리가 들리고 다시 두 시를 알리는 종이 울렸습니다. 문은 여전히 닫혀져 있었습니다. 그러자 피노키오는 인내심을 잃고 화가 난 채 문의 문고리를 잡고 온 집이 떠나갈 정도로 문을 세차게 두드렸습니다. 그러자 쇠 문고리는 갑자기 살아 있는 장어가 되어 피노키오 손에서 빠져 나가 길 한가운데에 고인 물로 사라졌습니다.

"아, 뭐야? 문고리가 사라져도 상관 없어. 발로 차면 되니까!"

피노키오는 화가 나서 소리 지르고는 뒤로 조금 물러서더니 문짝을 터무니 없이 세게 발로 차기 시작했습니다. 그러다 너무나 세게 찬 나머지, 한쪽 발이 나무 문 한가운데에 못처럼 박히고 말았습니다. 발을 빼내려고 애썼지만 소용이 없었습니다. 불쌍한 피노키오를 상상해 보세요! 한 발은 땅에, 다른 한 발은 공중에 들려진 채 남은 밤을 보내야 하는 모습을요!

날이 밝아 올 때쯤 마침내 문이 열렸습니다. 그 훌륭한 달팽이가 4층에서 1층 문까지 내려오는 데 겨우 아홉 시간 걸렸습니다. 달팽이가 얼마나 땀을 흘렸는지 말해주고 싶군요.

"문에 발을 박고 뭐하고 있는 거야?"

달팽이는 꼭두각시 인형에게 웃으며 물었습니다.

"돌발사건이 있었습니다. 아름다우신 달팽이님, 좀 보세요, 이 고통에서 절 구해 주실 수 있는지……."

"얘야, 목수가 필요하구나. 근데 난 목수 일을 해 본 적이 한번도 없어."

"요정님께 제 대신 부탁해 주세요."

"요정님은 자고 계셔. 깨우지 말라고 하셨어."

"그럼 이 문에 하루종일 발이 박힌 채 있길 바라세요?"

"길에 지나가는 개미들을 세면서 놀려무나."

"그러면 제게 먹을 것이라도 좀 갖다 주세요. 기운이 하나도 없어요……."

"당장 갖다 주지!"

달팽이는 말했습니다.

이렇게 말하고 두 시간 반이 지나서 피노키오는 머리에 은쟁반을 들고 돌아오는 달팽이를 보았습니다. 쟁반에는 빵과 통닭구이, 그리고 잘 익은 살구 네 개가 있었습니다.

"여기, 요정님이 네게 보내신 아침 식사야."

먹음직스러운 선물을 보자 꼭두각시 인형은 기운이 솟는 듯했습니다. 그러나 음식을 먹기 시작했을 때, 빵은 석고이고 통닭은 종이인데다 살구는 실제처럼 만들어져 색깔을 입힌 모형이라는 것을 알아차리고 굉장히 실망했습니다. 울면서 쟁반에 있는 모든 음식, 아니 음식 모형들을 던지고 싶었습니다. 그러나 마음이 몹시 아팠던 것인지 아니면 배가 몹시 고팠던 것인지, 피노키오는 그만 기절하고 말았습니다. 다시 정신을 차렸을 때는 소파 위에 눕혀져 있었고 요정이 옆에 있었습니다. 요정은 말했습니다.

"이번에도 널 용서해주겠어. 하지만 다시 한번 더 이런 일이 생기면 가만두지 않을 거야!"

피노키오는 공부도 열심히 하고 항상 착하게 행동하겠다고 맹세했습니다. 그리고 그 해 남은 기간 동안 자기가 한 모든 말들을 지켰습니다. 실제로 방학 직전에 시험을 보고는 학교에서 제일 똑똑한 학생이라는 명예를 얻었습니다. 전반적으로 그의 모든 행동들은 칭찬할 만하고 더할 나위 없이 좋다는 평가를 들었습니다. 요정은 기뻐하며 피노키오에게 말했습니다.

"마침내 내일 네 바람이 이뤄지겠구나!"

"그게 뭐지요?"

"내일, 넌 꼭두각시 나무 인형이 아니라 진짜 사람이 될 거야!"

이 놀라운 소식을 접한 피노키오의 기쁨은 대단했습니다. 보지 못한 사람은 절대로 상상할 수도 없을 것입니다. 다음 날 아침, 이 기쁜 사실을 함께 축하하기 위해 요정의 집에서 성대한 아침식사를 준비해서 학교의 모든 친구들과 동기들을 초대하기로 했습니다. 그리고 요정은 커피우유 200잔과 안팎으로 버터가 발린 빵 400개를 준비시켰습니다. 정말 아름답고 정말 기쁜 날이 될 것이 확실했습니다. 하지만……

불행하게도 꼭두각시 인형의 삶에는 항상 모든 것을 물거품으로 만드는 '하지만'이라는 단어가 있었답니다.

30장

피노키오는 사람이 되지 못하고
친구 양초 심지와 함께 몰래 '장난감 마을'로 갑니다.

피노키오는 요정에게 지금 당장 동네를 돌며 친구들을 초대하러 가는 것을 허락해 달라고 요청했습니다. 요정은 피노키오에게 말했습니다.

"좋아, 그럼 가서 친구들을 내일 아침식사에 초대하렴. 하지만 밤이 되기 전에는 집에 돌아와야 한다는 것을 기억해 둬. 알았지?"

"한 시간 후면 집에 돌아올게요. 약속해요."

꼭두각시 인형은 대답했습니다.

"기억해, 피노키오! 친구들은 약속은 빨리 하지만 약속을 지키는 데는 여러 번 꾸물거리곤 한단다."

"하지만 난 다른 아이들하곤 달라요. 내가 말한 약속은 꼭 지키는걸요."

"그래, 알겠어. 하지만 만약 네가 말을 듣지 않는다면 엄청 혼쭐이 날 거야."

"왜요?"

"자기들보다 더 많이 알고 있는 자의 충고를 따르지 않는 아이들은 항상 불행한 일들을 만나는 법이거든."

피노키오는 말했습니다.

"전 그런 일들을 겪어봤지만 지금은 더 이상 그런 잘못을 저지르지 않는걸요."

"한번 보자꾸나. 네가 진실을 말하는지."

더 이상의 다른 말 없이 꼭두각시 인형은 엄마와 같은 착한 요정에게 인사를 하고는 노래를 부르고 춤을 추며 문 밖으로 나갔습니다.

한 시간이 조금 지났을 때 피노키오는 모든 친구들을 초대했습니다. 몇 명은 굉장히 기뻐하며 초대에 바로 응했고 몇 명에게는 참석해 달라고 조금 애원해야 했습니다. 그러나 버터를 바른 빵을 커피우유에 적셔 먹을 수 있다는 것을 알았을 때 모두들 "좋아! 축하해 주러 갈게."라고 말하며 초대에 응했습니다.

피노키오가 학교 친구들과 동기들 중에서 특별히 좋아하고 아끼는 친구가 하나 있었습니다. 그 아이의 이름은 로메오이지만 모두들 양초 심지라는 별명으로 그를 불렀습니다. 왜냐면 그는 야간 램프의 새로운 양초 심지처럼 빼빼 마르고 홀쭉했기 때문입니다.

양초 심지는 학교 전체에서 제일 게으르고 제일 말썽꾸러기였습니다. 하지만 피노키오는 양초 심지를 무척이나 사랑했습니다. 사실 아침식사에 초대하려고 바로 양초 심지네 집에 갔지만 그는 집에 있지 않았습니다. 두 번째로 집에 갔을 때도 양초 심지는 집에 없었습니다. 세 번째 집에 갔을 때도 헛걸음만 했습니다.

어디에 가야 이 친구를 만날 수 있을까? 여기도 찾아봤고 저기도 찾아봤습니다. 그러다 마침내 한 농부의 집 헛간 아래에 숨어 있는 양초 심지를 보았습니다. 피노키오는 그에게 가까이 가며 물었습니다.

"뭐하고 있는 거야?"

"떠나려고 기다리고 있어."

"어디 가는데?"

"멀리, 멀리, 멀리!"

"난 널 찾으러 너희 집에 세 번이나 갔었어!"

"내게 볼 일이 뭔데?"

"이 기쁜 소식을 아직 모르는 거야? 내게 온 행운을 정말 모르는 거냐구?"

"뭔데?"

"내일부터 난 꼭두각시 인형이 아니야. 너처럼, 그리고 다른 아이들처럼 진짜 사람이 될 거야!"

"아, 잘 됐네."

"그래서 내일 우리 집에서 열리는 풍성한 아침식사에 널 초대하려고."

"하지만 난 오늘 저녁에 떠난다고 말했잖아."

"몇 시에?"

"조금 뒤에."

"어디로 가는데?"

"다른 마을에서 살려고. 이 세상에서 제일 멋진 마을이야. 진짜 천국이야!"

"마을 이름이 뭔데?"

"〈장난감 마을〉 이야. 나랑 같이 안 갈래?"

"나? 난 정말 안돼!"

"이 바보야, 피노키오! 내 말 믿어. 가지 않으면 분명히 후회하게 될 거야. 우리와 같은 아이들에게 제일 좋은 마을을 다른 어디서 찾을 수 있겠어? 그곳에는 학교도 없어. 선생님도 없고 책도 없어. 그 축복 받은 마을은 공부를 안 해도 된다구. 목요일엔 학교를 안 가도 돼. 근데 일주일 중 엿새는 목요일이고 나머지 하루는 일요일이야. 방학이 1월 첫날에 시작해서 12월 마지막 날에 끝난다고 생각해 봐. 이런 마을이야말로 내가 정말로 좋아하는 마을이야! 모든 마을이 다 이래야 하는데!"

"근데 거기선 하루를 어떻게 보내대?"

"아침부터 저녁까지 장난감 갖고 놀고 지내면 돼. 그리고 저녁엔 자고, 아침에 일어나면 다시 하루종일 놀면서 보내는 거지. 어떻게 생각해?"

"음!"

피노키오는 이렇게 말하고, 머리를 살짝 끄덕였습니다. 마치 이렇게 말하는 것 같았습니다. '나도 그렇게 살고 싶은데!'

"어떡할래, 나하고 같이 갈래? 좋아? 싫어? 빨리 결정해."

"아니, 아니, 아니, 정말 아니야. 난 우리 선한 요정님과 착한 아이가 되겠다고 약속했어. 그리고 그 약속을 지키고 싶어. 어, 해가 지는 걸 보니 이제 너랑 헤어지고 당장 가야겠어. 그럼 안녕, 여행 잘 하고."

"어디를 그렇게 서둘러 가려고?"

"집에. 착한 요정님이 밤이 되기 전까지 내가 집에 돌아오길 바라셔."

"잠시만 기다려."

"안돼, 너무 늦었어."

"잠깐이면 돼."

"안 그러면 요정님이 날 혼내실 텐데?"

"그럼 혼내시라고 해. 그렇게 실컷 혼내시다가 결국 화가 풀리실 거야."

말썽꾸러기 양초 심지는 말했습니다.

"어떻게 가? 혼자 떠나? 아니면 다른 친구들과 함께?"

"혼자? 백 명이 넘는 아이들이 있을 거야."

"여행은 걸어서 가는 거야?"

"조금 뒤에 여기로 마차 한 대가 지나갈 거야. 그 마차는 행운의 나라로 우릴 데려다 줄 거라고."

"마차가 지금 지나가면 얼마나 좋을까!"

"왜?"

"모두 함께 떠나는 것을 보고 싶어서."

"여기서 조금 더 있어. 그럼 볼 수 있을 거야."

"아니, 아니야. 난 집에 돌아갈래."

"잠시만 기다려."

"너무 지체했어. 요정님이 날 걱정하실 거야."

"불쌍한 요정님! 박쥐들이 널 잡아 먹을까 걱정이신 거야?"

"하지만…… 너 정말로 확실한 거야? 진짜 그 마을엔 학교가 없다고?"

피노키오는 덧붙여 말했습니다.

"학교는 그림자조차 없다니까."

"선생님도 없고?"

"한 명도 없어."

"정말로 공부를 안 해도 되는 거야?"

"절대로, 절대로, 절대로 안 해도 돼."

"정말 멋진 마을이다!"

피노키오는 구미가 당기는 것을 느끼며 말했습니다.

"정말 멋져! 난 결코 가 본 적이 없지만, 상상이 가!"

"너 정말 나랑 같이 안 갈래?"

"자꾸 말해도 소용없어! 난 이미 선한 요정님에게 분별력 있는 아이가 되겠다고 약속했어. 그 약속을 어기고 싶지 않아."

"그럼 잘 있어. 길에서 중학교 친구들을 만나면 안부 전해줘! 그리고 고등학교 친구들에게도."

"안녕, 양초 심지. 여행 잘해. 재미있게 지내고 가끔 친구들을 기억해 줘."

이렇게 말하고 꼭두각시 인형은 앞으로 두 걸음 걸어갔습니다. 하지만 바로 멈춰서 친구를 돌아보며 물어봤습니다.

"근데 정말 그 마을은 모든 일주일 중 엿새는 목요일, 그리고 하루는 일요일로 이뤄진 게 확실해?"

"확실하다니까."

"그럼 방학이 1월 첫날에 시작해서 12월 마지막 날에 끝나는 것도 확실해?"

"아주 확실해!"

"정말 멋진 마을이네!"

피노키오는 심히 부러워하며 대답했습니다. 그리고 다시 단단히 마음 먹고 서둘러 덧붙여 말했습니다.

"그럼 정말 잘 가. 여행 잘하고."

"안녕."

"언제 떠난다고 했지?"

"조금 후에!"

"어…… 조금 기다릴 수 있기도 한데."

"그럼 요정님은?"

"이미 너무 늦었어! 이젠 집에 한 시간 일찍 들어가나 한 시간 늦게 들어가나 똑같애."

"불쌍한 피노키오! 근데 요정님이 널 혼내면?"

"할 수 없지! 혼내시라고 하는 수밖에. 실컷 혼내시고 나시면 조용해지실 거야."

어쨌든, 캄캄한 밤이 되었습니다. 갑자기 멀리서 불빛이 움직이는 것이 보였고 딸랑딸랑 하는 방울 소리와 요란한 나팔 소리가 작고 희미하게 들려 왔습니다. 마치 모기 한 마리가 윙윙거리는 소리 같았습니다!

"왔다!"

양초 심지는 벌떡 일어나며 소리쳤습니다. 피노키오는 낮은 소리로 물었습니다.

"누가 와?"

"나를 태우러 오는 마차야. 자, 나랑 같이 갈래? 빨리 말해. 갈 거야 말 거야?"

꼭두각시 인형은 물었습니다.

"그런데 정말로 사실이야? 그 마을에선 아이들은 공부를 할 필요가 없다는 게?"

"정말로, 정말로, 정말로 공부할 필요가 없다니까!"

"정말 멋진 마을이야! 정말 멋진 마을! 참으로 멋진 마을이네!"

31장

천국에서 다섯 달을 보낸 후 피노키오는
엄청난 일이 그에게 일어났다는 사실을 깨닫게 됩니다.

마침내 마차가 도착했습니다. 어떤 작은 소음도 없이, 조용히 도착했는데 이유는 마차의 바퀴가 헝겊조각과 넝마로 만들어졌기 때문이었습니다. 당나귀 열두 쌍이 마차를 끌고 있었고 모두 덩치는 비슷했지만 털 색깔이 달랐습니다.

어떤 당나귀는 베이지 색이고 다른 당나귀는 흰색, 또 다른 당나귀는 후추와 소금을 섞어 놓은 듯한 얼룩덜룩한 회색이었고 또 어떤 당나귀에는 노란색과 짙은 파란색의 커다란 줄이 연결되어 있었습니다. 아주 특이한 점은, 그 스물네 마리 당나귀들의 발에 수레나 화물을 끄는 다른 모든 짐승들처럼 굽이 박힌 것이 아니라 발에 하얀 가죽으로 된 사람이 신는 장화가 신겨 있었다는 점이었습니다.

그럼 마차의 마부는 어땠을까요? 상상해보세요, 세로로 길기보다는 가로로 넓었고 버터 덩어리처럼 부드럽고 반지르르한 남자였습니다. 얼굴은 사과처럼 빨갛고 작은 입은 항상 웃고 있었으며 마치 고양이가 집주인에게 사랑을 받기 위해 애교를 피우는 듯한 가늘고 상냥한 목소리를 가지고 있었습니다.

모든 아이들은 그를 보자마자 그를 좋아하게 되었고 그의 마차에 서로 올라 타려고 다퉜습니다. 〈장난감 마을〉이란 유혹적인 이름으로 지도에서 알려진 그 진실의 천국으로 마부를 따라가려고 말이죠.

실제로 마차는 여덟 살에서 열두 살 사이의 아이들로 이미 가득 차 있었습니다. 아이들은 마치 소금에 절여진 멸치들처럼 서로서로 포개져 있었습니다. 하지만 불편하게 여기저기 구겨져 있어 숨도 못 쉴 지경임에도 불구하고 어느 누구도 "아야!" 하고 불평하지 않았습니다. 그저 몇 시간 후면 책도 없고 학교도 없고 선생님도 없는 곳에 도착한다는 사실에 기뻐했습니다. 너무나 기쁜 나머지 아이들은 불편함도 피곤함도 배고픔도 목마름도 잠도 느끼지 못했습니다.

마차가 멈추자마자 마부는 양초 심지를 돌아보며 친절한 미소를 잔뜩 머금고 물었습니다.

"애야, 말해 보거라, 너도 그 행복한 마을에 가고 싶니?"

"가고 싶은 게 당연하죠."

"귀여운 아이야, 하지만 마차엔 자리가 없어. 자 이것 봐라, 꽉 찼잖아!"

"할 수 없지요! 안에 자리가 없으면 마차의 빗장에라도 앉아서 가야죠."

양초 심지는 대답했습니다. 그러고선 뛰어오르더니 마차의 빗장에 걸터앉았습니다.

"그럼 얘야, 너는?"

마부는 피노키오를 돌아보며 꾸며낸 듯한 상냥한 목소리로 말했습니다.

"넌 어떻게 하고 싶니? 우리와 함께 갈래, 아니면 남을래?"

"전 남을 거예요. 집으로 돌아가려고요. 모든 착한 아이들이 하는 것처럼 공부도 하고 싶고 학교에서 명예로운 학생이 되고 싶습니다."

피노키오는 대답했습니다.

"잘해보렴!"

그러자 양초 심지는 빠르게 말했습니다.

"피노키오! 내 말대로 해. 같이 가서 행복하게 지내자."

"아니, 아니, 아니야!"

"우리와 같이 가서 행복하게 지내자고."

마차 안에 타고 있던 네 아이들도 한 목소리로 소리쳤습니다.

"우리와 같이 가서 행복하게 지내자고!"

백 명의 아이들이 일제히 외쳤습니다.

"너희와 함께 가면 선한 요정님이 뭐라고 말할까?"

꼭두각시 인형은 마음이 흔들리기 시작하면서 말했습니다.

"너무 슬픈 생각은 하지 마. 아침부터 저녁까지 우리가 주인이고 시끄럽게 떠들며 놀 수 있는 마을로 간다고 생각해 봐!"

피노키오는 대답하지 않고 한숨을 내쉬었습니다. 그리고 다시 한숨을 내쉬었고 세 번째 한숨을 내쉬었습니다. 그리고 마침내 말했습니다.

"내게도 자리를 좀 내줘. 나도 가고 싶어!"

"자리는 꽉 찼단다. 하지만 널 환영한다는 뜻에서 내 마부석을 좀 내주마."

"아저씨는요?"

"난 걸어가면 돼."

"아니, 그러지 마세요. 차라리 이 당나귀들 등 위에 올라타는 게 낫겠어요!"

피노키오는 이렇게 말하고 첫 번째 당나귀 한 쌍 중에서 오른쪽 당나귀에 올라타려고 했습니다. 그런데 그 짐승은 획 돌더니 커다란 주둥이로 피노키오의 배를 세게 밀쳤습니다. 피노키오는 넘어지며 나뒹굴었습니다. 그 광경에 그 모든 아이들이 배를 잡고 깔깔거렸습니다.

그러나 마부는 웃지 않았습니다. 반항하는 당나귀에게 애정이 가득한 모습으로 다가가 입을 맞추는 척 하면서 오른쪽 귀의 반을 물어뜯었습니다.

어쨌든, 화가 많이 난 피노키오는 땅에서 벌떡 일어나서 그 불쌍한 동물의 등 위로 펄쩍 뛰어 올라탔습니다. 피노키오가 너무나 멋지게 올라타는 바람에 모든 아이들은 웃음을 그쳤고 '피노키오 만세!' 라고 외치기 시작했습니다. 박수갈채는 끝이 없었습니다.

그때 갑자기 당나귀가 일어나더니 겨우 올라타고 있는 불쌍한 꼭두각시 인형을 힘껏 발로 차서 길 한가운데의 자갈더미 위로 날려보냈습니다.

그러자 아이들은 다시 크게 웃었습니다. 그러나 마부는 사랑스럽다는 웃음을 띠고 그 제멋대로인 당나귀에게 가서, 입맞춤을 하는 척 하며 다른 귀 반쪽도 물어뜯어 버렸습니다. 그리고 꼭두각시에게 말했습니다.

"말 위에 다시 타라. 걱정하지 말고. 저 당나귀는 변덕이 심하구나. 하지만 내가 귀에 대고 몇 마디 했으니 온순하게 말을 잘 들을 거야."

피노키오는 당나귀 위로 올라탔습니다. 그리고 마차는 움직이기 시작했습니다. 당나귀들은 달렸고 자갈이 깔린 큰길을 마차가 달리는 동안 꼭두각시 인형에게 조용하고 명료한 목소리가 들리는 것 같았습니다. 그 목소리는 이렇게 말했습니다.

"이 불쌍한 어리석은 녀석아! 네 멋대로 하고 싶어한 것을 후회하게 될 거야!"

피노키오는 지레 겁이 나 이 말들이 어디서 들려오는지 알아보려고 여기저기 둘러보았습니다. 그러나 아무도 보이지 않았습니다. 당나귀들은 달렸고 마차도 달리고 있었습니다. 아이들은 마차 안에서 자고 있었고 양초 심지는 동면하는 쥐처럼 코를 골고 있었습니다. 그리고 마부석에 앉은 마부는 노래를 흥얼거렸습니다.

모든 사람들은 밤에 잠을 잔다네.
난 절대로 잠들지 않지…….

한 오백 미터 정도 왔을 때 피노키오는 아까 그 희미한 목소리를 또 들었습니다. 목소리는 이렇게 말했습니다.

"머릿속에 잘 새겨둬, 이 멍청한 놈아! 공부를 그만두고 책과 학교와 선생님을 뒤로 하고 장난감 가지고 놀고만 싶어 하는 아이들은 불행한 최후를 맞이하게 될 거야! 난 벌써 겪은 일이지! 그래서 네게 이야기할 수 있어! 오늘 내가 운 것처럼 너도 울게 되는 날이 올 거야. 하지만 그땐 너무 늦어!"

낮게 소곤소곤대는 이 말들에 꼭두각시 인형은 너무 놀라서 당나귀 등 뒤에서 아래로 내려와 당나귀 주둥이를 잡으러 갔습니다. 그런데 당나귀가 아이처럼 정말로 울고 있는 것을 알았습니다!

"저기요, 마부 아저씨, 여기 신기한 일이 있는데 아세요? 당나귀가 울고 있어요!"

피노키오는 마차 주인에게 소리쳤습니다.

"울게 놔둬라. 결혼할 땐 웃겠지."

"하지만 말하는 것도 가르치세요?"

"아니. 혼자서 몇 마디 중얼거리는 것을 배웠나 보구나. 삼 년 동안 조련 받은 개들과 함께 있었으니."

"불쌍한 당나귀!"

마부는 말했습니다.

"가자, 가자. 당나귀가 우는 것을 보려고 더 이상 시간을 지체하지 말고. 다시 당나귀 등 뒤에 올라타라. 어서 가자. 밤은 깊어 가고 갈 길은 멀구나."

피노키오는 군말 없이 그 말에 따랐습니다. 마차는 다시 길을 가기 시작했습니다. 아침이 시작될 무렵, 모두는 〈장난감 마을〉에 도착했습니다. 이 마을은 세상의 다른 어떤 마을과도 비슷하지 않았습니다. 마을 사람들은 모두 아이들이었습니다. 제일 나이가 많은 아이가 열네 살이었으니까요. 그리고 제일 어린아이가 막 여덟 살이 되었습니다. 길거리는 활기가 넘치고 시끌벅적했습니다. 머리가 어지러울 정도로 말이죠! 개구쟁이 무리들이 모두 있었습니다. 호두를 가지고 노는 아이, 딱지를 갖고 노는 아이, 공을 갖고 노는 아이, 자전거를 타는 아이, 나무 목마 타는 아이. 이쪽 아이들은 숨바꼭질을 하고 있었고 저쪽 아이들은 그냥 뛰어 놀고 있었습니다. 다른 아이들은 어릿광대 옷을 입고 불붙인 헝겊을 먹고 있었습니다. 누구는 연극을 하고 누구는 노래를 하며 어떤 아이는 공중제비를 돌고 땅에 손을 짚고 다리는 공중에 세운 채 걸어다니며 놀고 있었습니다. 굴렁쇠를 굴리는 아이도 있고 종이로 만든 장군 모자에 제복 입고 돌아다니는 아이도 있고 기병대 옷을 입은 아이도 있었습니다. 웃는 아이, 고함치는 아이, 누군가를 부르는 아이, 손뼉을 치는 아이, 휘파람을 부는 아이, 알을 낳은 닭을 흉내내는 아이도 있었습니다. 한마디로 대혼란이었습니다. 귀머거리가 되지 않으려면 귀에 솜뭉치를 넣어야 할 정도로 아이들이 목청 높여 떠드는 바람에 너무나 시끌벅적했습니다. 모든 광장에서는 작은 극장의 천막들이 보였습니다. 아침부터 저녁까지 아이들로 북적였고 모든 집집의 담벼락마다 아주 멋진 말들이 목탄으로 써져 있었습니다. 〈장난깜(장난감) 만세!〉 〈더는 하꾜(학교) 가기 싫어요!〉 〈난 수악(수학)을 내려놨다.〉 그리고 다른 비슷한 말들이었죠.

피노키오와 양초 심지 그리고 마부와 함께 여행을 했던 다른 모든 아이들은 마을에 발을 들여놓자마자 바로 이 거대한 아수라장 속으로 뛰어들었습니다. 그리고 몇 분 뒤에는 모두 친구가 되었습니다. 이 아이들보다 누가 더 행복하고 만족스러울 수 있을까요?

계속되는 오락과 여러 놀이를 하는 가운데 여러 시간이 지나고 몇 일이 지나고 몇 주가 번개처럼 쏜살같이 지나갔습니다.

"이건 정말 멋진 삶이야!"

피노키오는 우연히 양초 심지를 만나게 되면 그에게 여러 번 말했습니다. 그러면 양초 심지는 이렇게 말했습니다.

"거봐. 내 말이 맞지? 넌 떠나고 싶어하지 않았잖아! 요정님

집에 돌아갈 생각만 했잖니. 공부에 시간을 낭비하겠다고! 지금 네가 책과 학교의 지루함으로부터 탈출한 건 다 내 충고와 친절 덕분이라고. 안 그래? 이런 크나큰 호의를 베풀 수 있는 진정한 친구는 없을 거야."

"정말이야. 양초 심지야! 지금 내가 정말로 행복한 아이라면 그건 다 네 덕분이야. 선생님이 네 얘기를 할 때 뭐라고 했는지 알아? 항상 내게 말하길 '양초 심지와 같은 말썽꾸러기와 놀지 마라. 양초 심지는 나쁜 친구고 나쁜 충고 외에 할 수 있는 게 없어!'라고 했어."

그러자 양초 심지는 머리를 흔들며 대답했습니다.

"불쌍한 선생님! 날 귀찮게 하고 항상 잔소리를 즐겨 하셨던 것을 너무 잘 알지. 하지만 난 관대하니까 선생님을 기꺼이 용서해 드리겠어!"

"정말로 넌 착해!"

피노키오는 애정 어린 태도로 친구를 안아 주고는 눈 사이에 입맞춤을 해줬습니다.

어쨌든, 책도 학교도 없이 하루종일 장난감과 놀이를 즐기는 이 멋진 천국에서 보낸 시간이 순식간에 다섯 달이 지났습니다. 그리고 어느 날 아침 피노키오는 잠에서 깨어났을 때 정말로 깜짝 놀랄 만한 불행한 일이 자신에게 또 일어났다는 사실을 알게 되었습니다.

32장

피노키오는 진짜 당나귀로 변하고
당나귀처럼 울기 시작합니다.

깜짝 놀랄 일은 과연 무엇이었을까요? 독자 여러분에게 내가 말해주겠습니다. 피노키오는 잠에서 깨어나면서 자연스럽게 머리를 긁적거렸습니다. 그러다 너무나 깜짝 놀라며 자신의 귀가 한뼘보다 더 커졌다는 것을 알았습니다. 여러분도 아시다시피 태어날 때부터 꼭두각시 인형은 아주 작은 귀를 가지고 있었습니다. 너무도 작아서 귀가 없는 것 같이 아예 보이지도 않았습니다! 밤새 두 개의 갈대로 만든 빗자루처럼 길어진 두 귀를 손을 만졌을 때 피노키오가 얼마나 놀랐을지는 상상에 맡기겠습니다.

귀를 자세히 보려고 당장 거울을 찾으러 갔으나 찾을 수가 없었습니다. 손을 닦는 대야에다 물을 담고 그 안을 들여다보았는데 결코 보고 싶지 않았던 것을 보았습니다. 당당한 한 쌍의 당나귀 귀가 축 늘어져 있는 것을 보았을 때의 피노키오의 고통, 창피함 그리고 절망감이란!

피노키오는 울고불고 소리치며 머리를 벽에 박기 시작했습니다. 그러나 절망하면 할수록 피노키오의 귀는 커졌고, 더 커졌고, 또 커져서 급기야 귀 끝에서 털이 자라기 시작했습니다.

날카로운 비명 소리에 방으로 윗층에 살고 있는 작고 예쁜 겨울잠쥐가 들어왔습니다. 겨울잠쥐는 어쩔 줄 몰라 하는 꼭두각시 인형을 보고 친절하게 물었습니다.

"사랑하는 이웃사촌, 무슨 일 있어?"

"나 아파. 많이 아파. 무서운 병에 걸렸나 봐! 너 혹시 진맥 볼 줄 아니?"

"조금."

"그럼 내가 열이 있는지 좀 봐 줄래?"

겨울잠쥐는 오른쪽 앞발을 들어 피노키오의 손목을 잡고 맥을 짚은 후, 한숨을 내쉬며 말했습니다.

"친구야, 유감이지만, 네게 나쁜 소식을 전해줘야겠어."

"뭔데?"

"넌 아주 심한 열병에 걸렸어."

"무슨 열병인데?"

"당나귀 열병."

"그게 뭔지 잘 모르겠어!"

꼭두각시 인형은 이렇게 대답을 했지만 불행히도 이 열병에 대해 너무나 잘 알고 있었습니다.

"그럼 내가 설명해줄게."

겨울잠쥐는 덧붙여 말했습니다.

"어쨌든, 두세 시간 후에 더 이상 넌 꼭두각시도 사람도 되지 못한다는 것을 알아둬."

"뭐가 되는데?"

"두세 시간 후에는 진짜 당나귀가 될 거야. 마차를 끌거나 시장에서 배추와 채소를 싣고 다니는 당나귀들처럼 말이지."

"아아! 나 어떡해! 어떡하면 좋지!"

피노키오는 마치 다른 사람의 귀인 양 두 손으로 두 귀를 움켜잡고 마구 당기면서 격렬하게 쥐어뜯으며 소리쳤습니다. 이 모습을 본 겨울잠쥐는 피노키오를 위로하며 대답했습니다.

"사랑하는 친구야, 이제 어떻게 하겠니? 이게 네 운명이야. 이미 지혜의 법령에 써 있어. 책, 학교, 선생님을 지루해 하고 하루하루를 장난감과 놀이 그리고 오락으로 보내는 게으른 모든 아이들은 언젠간 작은 당나귀로 변한다고 말이야."

"정말로 그렇게 되는 거야?"

꼭두각시 인형은 훌쩍이며 물었습니다.

"불행하게도 그래! 지금 울어봤자 소용없어. 미리 생각을 했어야지!"

"하지만 내 잘못이 아니야! 친구야, 내 말을 믿어줘. 모두 양초심지의 잘못이야!"

"그게 누군데?"

"내 학교 친구. 난 집으로 돌아가고 싶었어. 말 잘 듣는 아이가 되고 싶었다고. 학교에서 공부를 열심히 하고 명예로운 학생이 되려고 마음 먹었어. 하지만 양초 심지가 내게 말했어. '공부가 지루하지 않아? 왜 학교에 가려고 해? 차라리 나와 같이 장난감 마을로 가자. 장난감 마을엔 공부도 없고 아침부터 저녁까지 항상 기쁘게 놀면 돼.'"

"그런데 왜 그 가짜 친구인지 나쁜 친구의 충고를 들은 거야?"

"왜냐고? 나는 분별력도 없고 양심도 없는 꼭두각시 인형이기 때문이지. 아아, 내가 조금의 양심이라도 있었다면 엄마처럼 날 사랑하고 많은 일을 해주신 그 선한 요정님을 결코 떠나지 않았을 텐데! 그러면 지금쯤 난 더 이상 꼭두각시 인형이 아닐 텐데……. 그리고 다른 아이들처럼 예의 바른 아이가 되었을 텐데! 양초 심지를 만나면 가만 두지 않겠어! 한 바가지로 욕을 퍼붓겠어!"

그리고 집을 나오려고 했습니다. 그러나 문 앞에서 자신에게 당나귀 귀가 달린 것을 기억했습니다. 친구들에게 당나귀 귀를 보여주는 것이 창피했던 피노키오는 커다란 모자를 집어서 머리에 쓰고 코끝 아래까지 내렸습니다. 그리고 밖으로 나가서 양초 심지를 사방으로 찾았습니다. 길, 광장들, 작은 극장, 모든 장소를 돌아봤지만 그를 찾을 수 없었습니다. 길에서 만나는 모든 아이들에게 양초 심지의 소식을 물어보았지만 아무도 그를 보지 못했습니다. 그래서 양초 심지를 찾으러 집으로 갔고 문 앞에 도착해서 문을 두드렸습니다.

"누구야?"

안에서 양초 심지가 물었습니다.

"나야!"

피노키오가 대답했습니다.

"잠깐만 기다려, 문 열어줄게."

삼십 분 후에 문이 열렸습니다. 피노키오는 방으로 들어가자마자 양초 심지도 커다란 모자를 코끝까지 눌러쓴 것을 보았습니다. 피노키오는 조금 위안을 얻었고 바로 속으로 생각했습니다.

'내 친구도 나와 똑같은 병에 걸린 건가? 양초 심지도 당나귀 열병에 걸린 건가?'

그리고 피노키오는 아무것도 모르는 척 하며 미소를 띠고 양초 심지에게 물었습니다.

"사랑하는 양초 심지, 잘 지냈어?"

"아주 잘 지내. 파르마산 치즈 덩어리 속에서의 배부른 생쥐처럼 말이지."

"너 정말 진심으로 하는 말이야?"

"내가 왜 네게 거짓말을 하겠어?"

"미안해, 친구. 근데 네 귀를 다 덮고 있는 모자는 왜 쓰고 있니?"

"의사가 처방을 해 주었어. 내가 무릎을 다쳤거든. 사랑하는 피노키오, 그러는 넌 왜 코 아래까지 모자를 눌러쓰고 다니는 거야?"

"의사가 처방을 해 주었어. 발의 살갗이 벗겨졌거든."

"아…… 아프겠다!"

"너도 그렇겠네!"

이런 말들을 한 뒤에 긴 침묵이 있었습니다. 이 두 친구는 비웃는 듯한 눈빛으로 서로 쳐다보는 것 외에 아무것도 하지 않았습니다.

마침내 꼭두각시 인형이 다정한 목소리로 그의 친구에게 말했습니다.

"내가 궁금해서 그러는데, 내 친구 양초 심지, 너 귀가 아픈 적은 없었니?"

"결코 없어! 넌?"

"절대 없지! 근데 오늘 아침부터 귀가 아파."

"나도 아픈데."

"너도? 어느 쪽 귀가 아픈데?"

"양쪽 다. 넌?"

"양쪽 다. 똑같은 병인가?"

"그런 거 같애."

"양초 심지, 내 부탁을 좀 들어줄래?"

"물론이지! 뭐든지 들어줄게."

"네 귀 좀 보여줘."

"좋아! 하지만 먼저 네 귀를 보고 싶어. 사랑하는 피노키오."

"싫어. 너 먼저 보여줘."

"싫어, 친구. 너 먼저. 그리고 내가 보여줄게."

그러자 꼭두각시 인형은 말했습니다.

"그럼, 좋은 친구끼리 약속하자."

"무슨 약속?"

"동시에 둘 다 모자를 벗는 거야. 어때?"

"좋아."

"자, 준비!"

피노키오는 목청 높여 숫자를 세기 시작했습니다.

"하나! 둘! 셋!"

셋! 이란 말과 동시에 두 아이는 그들의 머리에서 모자를 잡고 공중으로 날려 버렸습니다. 그러자 도저히 믿을 수 없는 광경이 펼쳐졌습니다. 피노키오와 양초 심지는 똑같은 불행이 둘 다에게 일어난 것을 알았을 때 더 이상 창피하거나 괴로워하지 않았습니다. 대신에 거대하게 커져버린 귀를 쫑끗거리기 시작했습니다. 이렇게 귀를 꼴보기 싫게 여러 번 쫑끗거리다가 동시에 한바탕 웃음을 터트렸습니다.

이렇게 배를 움켜 잡고 웃다가, 웃다가, 웃다가 갑자기 양초 심지가 웃음을 멈추고 조용해졌습니다. 그리고 휘청거리며 얼굴색이 변하면서 친구에게 말했습니다.

"도와줘, 도와줘, 피노키오!"

"무슨 일이야?"

"나 더 이상 다리로 똑바로 설 수가 없어!"

"어어? 나도 갑자기 설 수가 없어!"

피노키오는 비틀거리며 소리쳤습니다. 이렇게 말하는 동안에 두 아이는 땅에 엎드렸고 손과 발로 땅을 짚은 채 걸어다니면서 방 안을 뛰며 돌기 시작했습니다. 어쨌든, 뛰기 시작하면서 그들의 팔은 당나귀의 다리가 되었고 그들의 얼굴은 길어지면서 당나귀처럼 주둥이가 툭 튀어나온 데다가 등은 검은 털이 섞인 밝은 회색털로 덮였습니다. 하지만 이 두 아이에게 가장 기분 나쁘고 비참했던 순간은 엉덩이에서 꼬리가 나오는 것을 느낄 때였습니다. 그제서야 두 아이는 창피하고 속상해서 울면서 그들의 운명을 한탄했습니다. 하지만 그렇게 하지 말았어야 했습니다! 사람이 엉엉 우는 소리 대신에 당나귀의 울음소리가 입 밖으로 나왔습니다. 결국 둘 다 당나귀 울음소리로 이힝-이힝- 거리기 시작했습니다. 그 순간 바깥에서 문을 세차게 두드리는 소리와 함께 거친 목소리가 들려왔습니다.

"문 열어! 너희를 이 마을에 마차로 태워 데려온 마부 아저씨다. 당장 문 열어, 아니면 가만 안 두겠어!"

33장

진짜 당나귀가 된 피노키오는 시장에 끌려가 서커스 극단
단장에게 팔립니다. 단장은 춤을 추는 법과 굴렁쇠 넘는 법을
가르치려 합니다. 피노키오는 절름발이가 되고 단장은
당나귀 가죽으로 북을 만드려는 사람에게 피노키오를 팔아버립니다.

문이 안 열리는 것을 보자 마부는 발로 거세게 차서 문을 완전히 열어 버렸습니다. 그리고 방으로 들어가면서 비웃음을 흘리며 피노키오와 양초 심지에게 말했습니다.

"잘했구나 애들아! 잘도 울던데. 난 바로 너희들의 목소리인 줄 알았지. 그래서 여기로 온 거야."

이 말에 두 당나귀는 머리를 숙이며 귀를 아래로 축 늘어뜨리고 꼬리는 다리 사이에 넣은 채 풀이 죽어 있었습니다. 마부는 아랑곳하지 않고 당나귀들을 쓰다듬으며 몇 번이나 손으로 만졌습니다. 그리고 빗을 꺼내 당나귀들을 잘 빗질했습니다. 그렇게 빈틈없이 빗질을 하니 두 당나귀는 거울처럼 반짝반짝 빛났습니다. 마부는 그 둘에게 굴레를 채우고 당나귀들을 팔아서 상당한 수입을 얻으러 시장 광장으로 끌고 갔습니다.

실제로 기다릴 필요도 없이 사겠다는 사람이 나타났습니다. 양초 심지는 전날 당나귀가 죽었다는 한 농부에게 팔렸고 피노키오는 익살꾼들과 줄넘기 곡예를 하는 극단 단장에게 팔렸습니다. 단장은 피노키오를 극단의 당나귀로 훈련시켜서 다른 짐승들과 함께 뛰고 춤추게 하려고 했습니다.

독자 여러분, 그 마부의 직업이 무엇인지 이제 알았나요? 나쁘고 흉악한 괴물인 마부는 우유와 꿀처럼 달콤한 얼굴을 하고서는 마차를 타고 세상을 돌아다니는 사람이었습니다. 길에서 거짓 약속과 달콤한 말들로, 모든 게으르고 책과 학교를 짜증내하는 아이들을 모아서 마차에 태워 〈장난감 마을〉로 데리고 왔습니다. 그리고 하루종일 장난감을 가지고 시끄럽게 떠들며 놀게끔 하였습니다. 그리고 그 불쌍한 아이들이 장난감에 홀딱 빠져 있다가 결국 당나귀로 변하면, 기뻐하면서 주인이라도 되는 것처럼 박람회나 시장에 팔려고 데리고 갔습니다. 그리고 얼마 안 되어 큰 돈을 벌어 백만장자가 되었습니다.

양초 심지는 어떻게 되었는지 알 수가 없습니다. 다만 피노키오가 팔려간 첫날부터 아주 혹독하고 힘든 생활을 시작했다는 것은 알려져 있습니다.

새로운 주인은 그를 마굿간에 데리고 가서 여물통에 짚을 채웠습니다. 그러나 피노키오는 짚을 조금 씹어보고는 다 내뱉어 버렸습니다. 그러자 주인은 투덜거리며 다시 여물통에 건초물을 채웠습니다. 하지만 피노키오는 건초물도 먹지 않았습니다.

"아! 건초물도 싫어하는 거야? 잘난 당나귀야, 어디 네 맘대로 해봐. 네가 그런 식으로 나오면 내게도 생각이 있지!"

그는 버릇을 고쳐준다는 명목하에 바로 당나귀의 다리를 채찍질했습니다. 피노키오는 너무나도 아파서 당나귀처럼 울면서 말했습니다.

"이힝, 이힝, 짚은 소화가 안 돼요!"

"그럼 건초를 먹어!"

주인은 당나귀의 말을 아주 잘 알아듣고 대답했습니다.

"이힝, 이힝, 건초를 먹으면 배가 아프단 말이에요!"

"그럼 당나귀 따위에게 닭가슴살이나 삶은 수탉이라도 먹여 키워야 한단 말이야?"

더 화가 난 주인은 덧붙여 말하고 두 번째로 채찍질을 했습니다. 다시 겪는 아픔에 피노키오는 재빨리 조용해졌고 어떤 대꾸도 하지 않았습니다. 주인은 나가면서 마구간의 문을 잠가버렸고 피노키오는 혼자 남겨졌습니다. 오랫동안 음식을 먹지 못했기 때문에 허기가 지고 피곤해서 아궁이처럼 입을 크게 벌리며 하품을 하기 시작했습니다. 그러다 여물통에 다른 것을 찾을 수 없어서 결국 건초를 조금 씹기 시작했습니다. 잘근잘근 잘 씹은 후에 눈을 감고 꿀꺽 삼켰습니다.

'건초 맛이 그리 나쁘진 않아. 하지만 계속해서 공부를 했더라면 얼마나 좋았을까! 그랬다면 지금쯤 건초가 아니라 갓 구운 빵에 얇게 썬 맛있는 소세지를 먹고 있었을 텐데! 아…… 참자!'

피노키오는 속으로 생각했습니다. 다음날 아침, 잠에서 깨자마자 바로 여물통에 조금의 건초가 남았는지 찾았습니다. 하지만 건초를 찾을 수 없었습니다. 밤새 모두 먹어치웠기 때문이었습니다. 그래서 잘게 갈아진 짚을 입에 넣었고 짚을 씹는 동안에 밀라노의 리조또 맛도 아니고 나폴리의 마카로니 맛과 아주 다른, 잘게 갈아진 짚의 맛에 만족해야만 했습니다.

"참자! 적어도 말 안 듣고 공부하기 싫어하는 모든 아이들에게 내 불행이 교훈이 되겠지. 참아야지! 참아야 해!"

피노키오는 계속 씹으면서 반복해서 말했습니다. 그 순간 주인이 마굿간에 들어오면서 소리쳤습니다.

"참긴 뭘 참아! 잘난 당나귀야, 내가 너를 돌보려고 사온 줄 아는 모양이지? 내가 널 산 건 네게 일을 시켜서 많은 돈을 벌기 위해서야. 자, 일어나, 서커스하러 가자. 거기서 네게 굴렁쇠를 뛰어넘고 머리로 종이 액자를 찢고 뒷다리로 바로 서서 왈츠와 폴카에 맞춰 춤추는 법을 가르쳐줄 거다."

불쌍한 피노키오는 좋든 싫든 이 모든 재주들을 배워야 했습니다. 그러나 이 재주들을 배우기에 석 달이 걸렸고 털이 바짝 설 정도로 채찍을 많이 맞았습니다.

마침내 주인이 정말로 멋진 공연 소식을 알릴 수 있는 날이 왔습니다. 화려하게 꾸며진 광고 포스터들이 거리 구석구석 붙여졌고 거기에는 이렇게 써 있었습니다.

화려한 축제의 최대 공연

오늘 저녁

저희 서커스 극단의 모든 단원들과 모든 말들이

열심히 갈고 닦은 곡예와 놀라운 재주들을 선보입니다.

그리고 하나 더

댄스의 샛별이라 불리는

유명한

당나귀 피노키오가

첫선을 보입니다.

극장은 대낮처럼 밝혀져 있을 것입니다.

그날 저녁, 공연이 시작하기 한 시간 전부터 극장은 사람들로 가득찼습니다. 돈을 더 준다고 해도 좌석도 특등석도 구할 수 없고 객석에서도 자리를 찾을 수가 없었습니다. 서커스장의 계단좌석은 모든 나이대의 아기들과 아이들 그리고 소년들로 바글바글했고 유명한 당나귀 피노키오가 춤을 추는 것을 보려는 흥분과 열기로 가득했습니다.

첫 공연이 끝나고 검은 긴 웃옷, 다리에 착 달라붙는 하얀 바지를 입고 무릎까지 올라오는 가죽 장화를 신은 극단의 단장이 관중들 앞에 나타났습니다. 그리고 고개를 깊이 숙여 인사를 하고 아주 위엄 있는 태도로 말하기 시작했습니다.

"존경하는 신사 숙녀 여러분! 보잘것없는 제가 이 빛나는 대

도시에 계신, 현명하신 관중 여러분께 유명한 당나귀를 소개하는 기쁨과 영광을 갖고자 이 자리에 섰습니다. 이 당나귀로 말씀드리자면 이미 모든 유럽 주요 궁전에 계신 황제 폐하들 앞에서 춤을 췄던 영광을 갖고 있습니다. 여기 오신 여러분께 감사드리며, 이 공연에 활기를 불어 넣어주시고 너그럽게 봐 주시길 바랍니다!"

이 연설은 많은 박수갈채를 받았습니다. 하지만 온 몸을 화려하게 장식한 당나귀 피노키오가 등장하자 그야말로 폭풍 같은 박수갈채가 터져 나왔습니다. 버클과 놋쇠 장식이 있는 새 가죽 말고삐가 반짝반짝 빛났고 양쪽 귀에는 하얀 동백꽃을 꽂았으며, 갈기는 여러 갈래로 나뉘어 곱슬곱슬하게 땋은 끝에 빨간 비단술이 달려 있었습니다. 또한 은색과 금색의 커다란 띠가 허리에 둘러져 있었고 꼬리 전부는 진홍색과 하늘색 벨벳 리본으로 꼬아져 있었습니다. 한마디로 사랑스러운 당나귀였습니다! 그를 관중에게 소개하면서 단장은 덧붙였습니다.

"존경하는 관중 여러분, 열대지방의 평야에서 이 산 저 산을 자유롭게 방목하며 자란 이 포유동물을 말귀 알아듣게 복종시키는 데 제가 얼마나 힘들었는지는 자세히 말하지 않겠습니다. 청컨대, 이 당나귀에서 뿜어나오는 야생의 힘을 직접 눈으로 관찰해 보십시오! 사실 이 당나귀를 똑똑한 네발 짐승으로 살도록 길들이기 위한 교육이 잘 안될 때 전 여러 번 사랑의 채찍을 휘둘러야 했습니다. 이런 제 친절함에도 불구하고 이 당나귀가 저를 좋아하기보다는 나쁜 주인으로 인식하고 말았습니다. 하지만 전 계속 노력한 끝에 그의 뇌 속에 있는 작은 물렁뼈를 찾았고, 파리 의사대학 연구진은 이 뼈가 바로 머리털과 춤을 만들어내는 뿌리와 같은 것이라고 확인해주었습니다. 이러한 이유로 전 이 당나귀가 굴렁쇠를 뛰어넘고 종이 액자를 머리로 찢는 것뿐만 아니라 춤까지 추는 훈련을 시키게 되었습니다. 여러분, 당나귀를 칭찬해 주십시오! 그리고 평가해 주십시오! 또한 공연을 시작하기 전에 말씀드립니다. 신사 숙녀 여러분, 내일 저녁 공연에도 여러분을 초대합니다. 만일 비가 온다면 공연은 내일 저녁이 아닌 내일 모레 오전 11시로 연기됩니다."

그리고 단장은 다시 깊숙이 머리 숙여 인사를 하고 피노키오를 돌아보며 말했습니다.

"정신차리고, 피노키오! 연습한 네 재주를 보여드리기에 앞서 이 존경하는 신사, 숙녀, 여러분들께 인사드려야지!"

순종적인 피노키오는 얼른 두 앞무릎을 굽혔습니다. 그리고 단장이 채찍을 휘두르면서 다음 말을 할 때까지 무릎을 꿇고 있었습니다.

"걸어!"

그러자 당나귀는 네 다리로 일어섰고 서커스장을 돌면서 한발한발 걷기 시작했습니다. 잠시 후 단장은 소리쳤습니다.

"빨리 걸어!"

피노키오는 명령에 순종했고 걸음을 빠르게 바꾸었습니다.

"뛰어!"

피노키오는 뛰기 시작했습니다.

"전속력으로!"

피노키오는 힘껏 달렸습니다. 피노키오가 경주마처럼 달릴 때 단장은 허공에 팔을 들더니 총 한 방을 쏘았습니다. 그 총소리에 당나귀는 다친 척을 하면서 서커스장에 쓰러졌습니다. 마치 정말로 죽은 것처럼 말이죠. 터져나오는 박수와 서커스장이 떠나갈 것 같은 함성 그리고 환호를 들으며 그는 다시 일어났습니다. 일어나면서 자연스레 머리를 들고 위를 보았는데 객석에 있는 아름다운 부인이 보였습니다. 커다란 금 목걸이를 하고 있었고 목걸이 끝에 메달이 달려 있었습니다. 그 메달에는 꼭두각시 인형의 얼굴이 그려져 있었습니다.

'저 얼굴은 나야! 저 부인은 요정님이야!'

피노키오는 바로 부인을 알아보고서 속으로 말했습니다. 그리고 너무나 기쁜 나머지 소리쳤습니다.

"오, 나의 요정님! 요정님!"

하지만 입에서는 말 대신에 이힝 하는 긴 당나귀 울음소리가 터져 나왔습니다. 그 울음소리에 모든 관중들이 웃기 시작했습니다. 극장 안에 있던 모든 아이들은 특히 더 깔깔대며 웃었습니다. 그러자 단장은 관중들 앞에서 당나귀가 우는 것이 좋은 행동이 아니라는 것을 보여주고 가르치려고 채찍의 손잡이로 피노키오의 코를 한 대 때렸습니다. 불쌍한 당나귀는 혹시 맞은 고통이 조금 나아질까 해서 혓바닥을 밖으로 내밀고 오 분 동안이나 코를 핥았습니다.

그리고 황급히 두 번째로 위를 바라보았을 때 요정은 사라지고 없었습니다. 피노키오는 절망해서 당장 죽고 싶었습니다. 두 눈에 눈물이 가득 고였고 결국 폭포수처럼 눈물을 흘리기 시작했습니다. 하지만 아무도 알지 못했습니다. 다른 사람들뿐만 아니라 단장도 마찬가지였습니다. 그는 오히려 채찍을 휘두르며

소리쳤습니다.

"착하지, 피노키오! 지금 이 신사 숙녀 여러분들께 네가 굴렁쇠 뛰어넘기를 얼마나 잘 하는지 보여드려야지."

피노키오는 두세 번 굴렁쇠가 앞에 도착할 때마다 굴렁쇠를 뛰어넘지 않고 그 아래로 지나갔습니다. 마침내 점프하여 굴렁쇠를 뛰어넘었지만 불행히도 뒷다리가 굴렁쇠에 걸려버려서 구르듯이 넘어지고 말았습니다. 다시 일어났을 때 피노키오는 심하게 절뚝거렸습니다. 그래서 마굿간으로 간신히 돌아갈 수 있었습니다.

"나와라, 피노키오! 우린 당나귀를 보고 싶어! 나와라, 당나귀!"

이 슬픈 광경을 보고 안쓰럽고 불쌍한 마음에 관중석의 아이들이 소리쳤습니다. 그러나 당나귀는 그날 저녁 다시는 보이지 않았습니다.

다음날 아침 수의사가 진찰 방문을 와서 이 당나귀는 평생 절름발이로 살아야 한다고 진단했습니다. 그러자 단장은 마굿간지기에게 말했습니다.

"절름발이 당나귀가 무슨 소용 있겠어? 밥이나 축내겠지. 자, 광장에 가져가서 다시 팔자구."

마굿간지기는 광장에 도착했고 곧바로 당나귀를 사겠다는 사람을 만났습니다. 피노키오를 살 사람이 마굿간지기에게 물어봤습니다.

"이 절름발이 당나귀는 얼마지요?"

"스무 닢입니다."

"여기 스무 닢 받아요. 난 당나귀를 부리려고 사는 게 아니에요. 그 가죽이 필요할 뿐이죠. 가죽이 매우 단단해 보이네요. 이 당나귀의 가죽으로 우리 마을 악단에게 북을 만들어 줄 겁니다."

당나귀를 산 사람은 스무 닢을 지불하자마자 당나귀를 바다 위의 절벽으로 데리고 갔습니다. 그리고 목에 무거운 돌을 걸고 한쪽 다리에 긴 밧줄을 묶고 손으로 잡은 다음 갑자기 당나귀를 밀어 바닷물에 빠뜨렸습니다. 목에 돌을 매단 피노키오는 바로 물 속 깊이 가라앉았습니다. 당나귀를 산 사람은 밧줄을 계속 잡고 바위 위에 앉아 있었습니다. 당나귀가 숨이 차 죽을 때까지 기다렸다가 가죽을 벗기려고 했던 것입니다.

34장

바다에 던져진 피노키오는 물고기들에게 잡아먹혔고
다시 예전처럼 꼭두각시 인형으로 돌아왔습니다.
하지만 살기 위해 헤엄을 치는 동안 무서운 상어가
그를 한입에 삼켜버립니다.

50분 정도 지난 후에 당나귀를 산 사람은 혼잣말을 했습니다.

"지금쯤이면 불쌍한 절름발이 당나귀는 숨이 차서 죽어 있어야만 해. 이제 슬슬 위로 당겨 올려야겠군."

그리고 당나귀의 다리를 묶었던 밧줄을 당기기 시작했습니다. 그리고 마침내 수면에 뭔가가 나타나는 것을 보았습니다. 그런데 수면에 나타난 것은 죽어 있는 당나귀 대신, 장어처럼 몸을 좌우로 흔들며 비틀고 있는 꼭두각시 인형이었습니다. 그 나무 인형을 보면서 불쌍한 남자는 자신이 꿈을 꾼다고 믿었습니다. 입을 떡 벌리고 눈이 튀어나올 정도로 크게 뜬 채 어리둥절하다 조금 정신이 들자 더듬더듬 말했습니다.

"어…… 내가 바다에 던진 당나귀는 어디 있지?"

"그 당나귀가 저예요!"

꼭두각시 인형이 웃으면서 말했습니다.

"너라고?"

"네! 저예요."

"야! 이 못된 놈아! 지금 장난쳐?"

"장난이라니요! 절대 아니에요. 친절한 주인님, 전 진실을 말하고 있습니다."

"좀 전에 당나귀였는데 물에 들어갔다 나오니까 말하는 꼭두각시 나무 인형이 된 거라고?"

"바닷물의 효과인가 봐요. 바다는 이런 장난을 친다니까요."

"조심하는 게 좋을 거다! 내게 장난칠 생각은 집어치워! 허튼 수작 부리면 가만 안 두겠어!

"그러세요, 주인님. 모든 이야기의 진실을 알고 싶으세요? 그럼 제 다리 좀 풀어주세요. 다 이야기해 드릴게요."

당나귀를 산 사람은 호기심에 피노키오의 다리를 묶고 있던 밧줄을 냉큼 풀어주었습니다. 그러자 숨을 돌린 피노키오는 말했습니다.

"사실 전 지금처럼 꼭두각시 나무 인형이었어요. 그러나 이 세상의 다른 아이들처럼 사람이 될 뻔했지요. 제가 공부하기 싫어하지만 않았더라면, 그리고 나쁜 친구들의 말을 듣고 집에서 도망치지 않았더라면 말이죠. 어느 날 잠에서 깨어나 보니 제 귀가 당나귀처럼 변해 있었어요. 그리고 꼬리까지 말이예요! 얼마나 창피했는지! 친절한 주인님이 성자 안토니오의 축복으로 이런 창피함을 겪지 않길 바라요! 전 당나귀 시장에 끌려갔고 서커스 극단의 단장에게 팔려갔어요. 그 단장은 절 위대한 댄서이자 굴렁쇠를 뛰어넘는 곡예사로 만들려고 했죠. 하지만 어느 날 저녁 공연 중에 극장에서 넘어지는 바람에 다리를 절게 되었어요. 그러자 단장은 절름발이 당나귀는 쓸모 없다고 절 다시 팔았고 주인님께서 절 사신 거예요!"

"이거 야단났구나! 난 스무 닢이나 지불했어. 누가 내게 스무 닢을 보상해 주지?"

"왜 절 사신 거죠? 제 가죽으로 북을 만드실려고 절 사신 거죠! 북 말이에요!"

"안타깝구나! 이제 어디서 다른 가죽을 찾을 수 있으려나?"

"실망하지 마세요, 주인님. 이 세상엔 많은 당나귀들이 있어요!"

"말해봐, 건방진 말썽꾸러기야, 이제 네 얘기 다 끝난 거냐?"

꼭두각시 인형은 대답했습니다.

"아니요. 아직 좀 남아 있어요. 그리고 이야기는 끝나요. 절 산 후에 죽이려고 여기에 데리고 오셨죠, 그리고 불쌍한 마음이 들어 차마 직접 죽일 수 없어서 목에 무거운 돌을 묶고 깊은 바다에 던지셨습니다. 섬세한 마음을 가지신 주인님을 매우 존경해요. 주인님에게 영원히 감사한 마음을 갖겠습니다. 그건 그렇고, 친절하신 주인님, 요정님 없이 이런 일은 일어나지 않았을 거예요."

"요정이 누군데?"

"우리 엄마요. 모든 선한 엄마들과 비슷해요. 자신의 아이들을 많이 사랑하고 한시도 눈을 떼지 않고 이 아이들이 그들의 경솔함과 나쁜 행동들을 했을 때도 포기하기보다는 모든 불행한 일들이 일어날 때마다 사랑으로 도와주는 엄마 말이죠. 어쨌든, 선한 요정님은 제가 숨 차 죽는 것을 보시고 얼른 제 주변에 물고기 떼들을 보내주었어요. 이 물고기 떼들은 제가 정말 죽은 당나귀라고 생각했고 절 먹기 시작했지요! 야금야금 얼마나 먹던지! 물고기들이 아이들보다 더 대식가라는 것은 생각지도 못했어요! 귀를 먹는 물고기, 주둥이를 먹는 물고기, 목과 갈기를 먹는 물고기, 발의 살을 먹는 물고기, 등의 털을 먹는 물고기, 그리고 그 와중에 내 꼬리까지 먹어주는 선량한 물고기까지……."

당나귀를 산 사람은 공포에 질려서 말했습니다.

"오늘부터는 맹세컨대 물고기를 먹지 않겠어. 숭어나 튀긴 대구를 갈랐을 때 당나귀의 꼬리가 나온다면 정말로 역겨울 것 같애."

"저도 주인님과 생각이 같아요."

꼭두각시 인형은 웃으면서 대답했습니다.

"물고기들은 제 머리부터 발끝까지 덮여 있던 당나귀 껍질을 다 먹었을 때 자연스레 뼈들로 달려들었습니다. 제대로 말하면 나무요. 보시다시피 전 단단한 나무로 만들어졌으니까요. 하지만 처음 몇 번 물어 본 후에 그 대식가 물고기들은 제 뼈대인 나무를 그들의 이빨로 씹을 수 없다는 사실을 알았습니다. 이 소화할 수 없는 음식이 역겨웠는지 뒤도 안 돌아보고 이리저리로 흩어졌고요. 그 다음엔 주인님이 아시는 그대로예요. 밧줄을 위로 당기셨고 죽어 있는 당나귀 대신에 살아있는 꼭두각시 인형을 보게 된 거죠."

당나귀를 산 사람은 불같이 화를 내며 소리쳤습니다.

"웃기고 있네. 난 널 사려고 스무 닢이나 썼고 그 돈을 돌려받고 싶어. 널 다시 시장에 데려갈 거야. 벽난로에 불을 지피는 땔감 나무로 다시 팔아버리겠어!"

"그럼 절 다시 파세요. 어쩔 수 없죠."

피노키오는 말했습니다. 하지만 이렇게 말하면서 멋지게 뛰어오르더니 다시 물 속으로 뛰어 들어갔습니다. 그리고 신나게 수영을 하면서 해변으로부터 멀어지며 불쌍한 당나귀를 산 사람에게 소리쳤습니다.

"안녕히 계세요, 주인님. 북을 만들기 위해 좋은 가죽이 필요할 때 절 기억해주세요."

그리고 웃으며 계속해서 헤엄을 쳤습니다. 그리고 얼마 후 뒤를 돌아보고 더 크게 외쳤습니다.

"안녕히 계세요, 주인님. 벽난로에 불을 지필 땔감 나무가 필요할 때 절 기억해주세요."

피노키오는 눈 깜짝할 사이에 멀리 가버렸고 더 이상 보이지 않았습니다. 자세히 말하면 해면 위에 검은 점처럼 보였고 때때로 돌고래가 기분 좋을 때 하는 것처럼 물 밖으로 다리를 올리고 위로 펄쩍펄쩍 뛰는 모습이 보였습니다.

피노키오는 계속해서 헤엄을 쳤습니다. 바다 한 가운데에 하얀 대리석 같은 바위가 보였습니다. 그리고 바위 꼭대기에 사랑스럽게 '메에' 하고 울고 있는 예쁜 새끼 염소 한 마리가 있었고 피노키오에게 가까이 오라는 몸짓을 했습니다.

정말로 신기한 것은 이 새끼 염소의 털이 여러 다른 염소처럼 하얀색이나 검정색 혹은 그 두 색이 섞인 색 대신에 아름다운 소녀의 머리를 생각나게 하는 짙은 파란색이었다는 점입니다.

피노키오의 심장은 세차게 뛰었습니다! 두 배로 힘을 쏟아 빠른 속도로 그쪽을 향해 헤엄쳤습니다. 그런데 중간쯤 왔을 때, 물 밖으로 나오려고 하는 바다괴물의 끔찍한 모습과 맞닥뜨렸습니다. 그 바다괴물은 깊은 구멍처럼 큰 입을 쩍 벌리고 있었고 그 속에는 그림에서 봐도 무서울 것 같은 이빨들이 세 줄로 나 있었습니다. 이 바다괴물은 이 이야기에서 여러 번 언급되었던 바로 그 거인 상어였습니다. 상어는 무자비하고 끝없는 탐욕 때문에 별명이 '물고기들과 어부들의 아틸라*' 였습니다. 불쌍한 피노키오는 엄청나게 놀라서 방향을 바꾸어 도망치려고 했습니다. 하지만 그 거대한 입은 화살처럼 빠른 속도로 피노키오를 덮치려 했습니다.

* 434년부터 죽을 때까지 8년 동안 유럽을 지배한 훈족의 왕.

"서둘러 피노키오, 어서 도망쳐!"

예쁜 새끼 염소는 메에 울며 크게 소리쳤습니다. 피노키오는 필사적으로 팔, 가슴, 다리, 발을 휘저으며 헤엄쳤습니다.

"빨리, 피노키오, 괴물이 다가와!"

피노키오는 그의 모든 힘을 다해서 헤엄쳤습니다.

"조심해, 피노키오! 괴물이 거의 다 따라 잡았어! 거의 다 왔어! 거의 다 왔어! 어서 서둘러, 어서! 아니면 죽을지도 몰라!"

피노키오는 더 빨리 헤엄쳤습니다. 앞으로 앞으로, 총알처럼 빠르게 말이죠. 그리고 바위에 거의 다다랐습니다. 새끼 염소는 바다 쪽으로 몸을 빼고 물 밖으로 나오려는 피노키오를 도와주려고 앞다리들을 내밀었습니다. 하지만 이미 때는 늦었습니다! 괴물이 피노키오를 따라 잡았습니다. 괴물은 아주 포악하고 게걸스럽게 불쌍한 꼭두각시 인형을 단숨에 집어 삼켰습니다. 피노키오는 상어의 위장으로 떨어졌습니다. 너무 세게 부딪힌 나머지 십오 분 정도 정신을 잃고 말았습니다.

정신을 다시 차렸을 때 피노키오는 자기가 어디 있는지 알 수도 없었습니다. 주위의 모든 사방이 아주 캄캄했습니다. 너무 캄캄해서 마치 잉크로 가득찬 잉크병 속에 들어온 것 같았습니다. 귀 기울여 보았지만 아무 소리도 들리지 않았습니다. 가끔 거센 바람이 얼굴을 때리는 것을 느낄 뿐이었습니다. 처음에는 그 바람이 어디서 나오는지 알 수 없었으나 이윽고 괴물의 폐에서 나오는 바람이란 사실을 알았습니다. 상어가 천식을 아주 심하게 앓고 있어서 숨을 쉴 때마다 북풍이 불어오는 것 같았습니다.

처음에 피노키오는 조금 용기를 내보려고 했습니다. 하지만 바다괴물의 몸 속에 갇혔다는 사실을 뼈저리게 느꼈을 때 결국 울음을 터트리고 소리 지르기 시작했습니다.

"살려주세요! 살려주세요! 아, 불쌍한 나! 나를 구하러 올 사람이 아무도 없겠지?"

"불쌍한 놈아, 누가 널 구해 주려 하겠니?"

그 캄캄한 곳에서 음정이 맞지 않는 기타 소리처럼 들리는 목소리가 말했습니다. 피노키오는 너무 놀라 몸이 얼어붙은 듯 가만히 있다가 겨우 물었습니다.

"누가 그렇게 말하는 거예요?"

"난 너랑 같이 상어에게 삼켜진 불쌍한 참치야. 그런데 넌 무슨 물고기니?"

"나는 물고기가 아니야. 꼭두각시 인형이야."

"그럼, 네가 물고기가 아닌데 왜 괴물이 널 삼키도록 했어?"

"날 삼키도록 한 적 없어. 상어가 날 삼켜 버린 거지! 이 캄캄한 곳에서 어떻게 해야 하지?"

"그저 포기하고 상어가 우리 둘 다 소화시키기를 기다려야지."

"하지만 난 소화되고 싶지 않아!"

피노키오는 다시 울면서 소리쳤습니다.

"나도 소화되고 싶지 않아! 하지만 나는 철학자야. 그래서 참치로 태어나서 기름에 절여져 끝나는 것보다 바다에서 죽는 게 훨씬 의미 있다고 생각하며 날 위로하지!"

"말도 안 되는 소리야!"

피노키오는 소리쳤습니다.

"이건 내 의견일 뿐이야. 그리고 정치인 참치들이 말하는 것처럼 의견들은 존중되어야 해!"

참치는 대답했습니다.

"어쨌든, 난 여기서 나가고 싶어…… 도망치고 싶다구……."

"그렇게 할 수 있으면 빨리 도망쳐!"

"우리를 삼켜 버린 이 상어는 얼마나 크니?"

꼭두각시 인형은 물었습니다.

"꼬리를 세지 않고도 일 킬로미터보다 더 길다고 상상해 봐."

어둠 속에서 이런 대화를 하고 있을 때 저 멀리 희미한 불빛 하나가 피노키오에게 보이는 것 같았습니다. 피노키오는 놀라서 말했습니다.

"저 멀리 보이는 불빛은 뭐지?"

"아마 우리처럼 소화될 순간을 기다리는 불쌍한 우리의 친구들일 거야."

"만나러 가고 싶어. 혹시 내게 도망갈 수 있는 길을 가르쳐줄, 경험이 풍부한 물고기가 있을지도 모르잖아?"

"진심으로 그러길 바랄게."

"안녕, 참치야."

"안녕. 꼭두각시 인형아. 행운을 빌어."

"우리가 또 만날 수 있을까?"

"그걸 누가 알겠니? 그런 생각은 안 하는 게 좋을 거야!"

35장

피노키오는 상어의 몸 속에서 누군가를 만났습니다.
누구를 만났을까요? 이 장을 읽어보세요.
그러면 누구인지 알 수 있을 것입니다.

착한 친구 참치에게 작별 인사를 하고 나서 피노키오는 캄캄한 어두움 속을 손으로 더듬으며 움직였고 상어의 몸 안쪽으로 조심조심, 멀리서 깜박거리는 희미한 작은 불빛을 향해 한 걸음씩 다가갔습니다. 걸으면서 순간 미끄러운 웅덩이에 발이 첨벙 빠지며 물을 튀겼는데 그 물에서 상한 생선튀김의 냄새가 나는 것을 알았습니다.

앞으로 가면 갈수록 희미한 불빛은 더 환하고 밝아졌습니다. 걷고 또 걸어 마침내 불빛이 있는 곳까지 도착했습니다.

초록 유리병 안에 불 켜진 양초가 놓여 있는 작은 식탁이 하나 있었고, 식탁 앞에는 눈 혹은 생크림처럼 머리가 하얗게 된 작은 노인이 앉아 있었습니다. 그 노인은 살아 있는 작은 물고기 몇 마리를 우물우물 먹고 있었습니다. 하지만 물고기들이 너무 생생하게 살아 있어서 가끔 물고기를 먹는 동안에도 입 밖으로 빠져 나왔습니다.

그 광경을 본 피노키오는 너무도 기뻤고 기절하기 일보 직전이었습니다. 웃고 싶었고 울고 싶었고 수많은 말을 하고 싶었습니다. 하지만 혀가 꼬여 말들을 분명치 않게 웅얼거리다 마침내 기쁨의 함성을 밖으로 내지를 수 있었습니다. 그는 달려가서 두 팔을 활짝 벌리고 작은 노인의 목에 매달려 외치기 시작했습니다.

"아빠! 드디어 아빠를 찾았어요! 이제부터는 아빠를 떠나지 않을게요. 결코! 절대로!"

노인이 눈을 비비며 대답했습니다.

"지금 내 눈이 보고 있는 것이 맞는 건가? 정말 내 아들 피노키오냐?"

"맞아요. 맞아요. 저예요. 정말로 저예요! 이미 아빠는 절 용서하셨죠? 아빠! 아빠는 너무나 좋으신 분이세요! 그리고 생각해 보면 전…… 저는…… 제가 얼마나 많은 불행한 일을 겪었고 얼마나 많은 일을 헤치며 왔는지 모르실 거예요! 불쌍한 아빠, 아빠가 하나밖에 없는 외투를 팔아서 학교 공부에 필요한 새 책을 사주던 날을 생각해 보세요. 그때 전 꼭두각시 연극을 보러 도망갔고 꼭두각시 극단 단장은 절 불에 넣어 태우려 했어요. 양고기 구이를 하려고 말이죠. 하지만 그는 결국 저를 풀어주고 금화 다섯 닢을 주며 아빠께 가져다 드리라고 했어요. 그러다 여우와 고양이를 만났고 그들은 빨간 가재 여관으로 절 데리고 갔어요. 그

곳에서 제 돈으로 늑대처럼 먹었고요. 저는 캄캄한 밤에 혼자 그 여관을 떠났고 제 뒤를 따라 달려오는 강도들을 피해 도망쳤어요. 그러다 결국 저를 잡은 그들은 절 커다란 떡갈나무 가지에 목 매달았어요. 그때 파란 머리의 아름다운 소녀가 마차를 보내어 저를 데려오게 하고 의사들을 모셔와 진찰하게 했어요. 그들은 말했어요. '죽지 않았다면 아직 살아있다는 표시입니다.' 그리고 전 거짓말을 했고 코가 길어지기 시작했어요. 그래서 더 이상 문을 지나갈 수 없었죠. 여관에서 쓴 한 닢 뺀 네 닢을 여우와 고양이와 함께 땅에 심으러 갔어요. 앵무새가 엄청 웃었지요. 금화 이천 닢을 찾았어야 했는데 한 닢도 못 찾았고요. 판사는 제가 도둑맞았다는 것을 알면서 절 바로 감옥소에 보냈어요. 강도들에게 만족을 준 거죠. 감옥에서 나와 길을 가다가 포도밭에서 먹음직스러운 포도송이를 보았어요. 하지만 덫에 걸렸고 여지없이 농부는 제 목에 개목걸이를 매어 닭장을 지키게 했지요. 그리고 농부는 제가 죄가 없다는 것을 알고 절 놓아줬어요. 꼬리에서 불이 뿜어져 나오는 뱀을 만났는데 웃기 시작하더니 가슴에 있는 핏줄이 터져서 죽었고 전 아름다운 소녀의 집으로 돌아왔어요. 하지만 소녀가 죽고 없었지요. 비둘기가 울고 있는 절 보더니 제게 이렇게 말했어요. '널 찾으러 가려고 작은 배를 만드는 네 아빠를 보았어.' 그래서 전 그에게 말했죠. '나도 날개가 있다면 좋겠다.' 비둘기는 제게 말했어요. '아빠에게 가고 싶니?' 전 말했죠. '그럼 얼마나 좋겠어! 하지만 누가 날 데려다 주겠니?'

그랬더니 비둘기는 제게 말했어요. '내가 데려다 줄게.' 전 말했습니다. '어떻게?' 비둘기가 말하길 '내 등 뒤에 올라타.' 그리고 우리는 밤새 날아갔어요. 그리고 아침에 모든 어부들은 바다를 바라보며 내게 말했죠. '가라앉고 있는 작은 배에 불쌍한 남자가 있어.'라고 말이예요. 전 멀리서 바로 아빠인 줄 알아봤어요. 내 심장이 내게 '아빠다!'라고 말했거든요. 전 아빠에게 해변으로 돌아오라고 신호를 보냈었어요."

"나도 널 알아봤어. 그리고 기쁜 마음으로 돌아가려고 했지. 하지만 내가 어떻게 할 수 있었겠니? 어마어마하게 큰 파도가 내가 탄 작은 배를 엎어 버렸어. 그리고 끔찍한 상어가 그 근처에 있었어. 물 속에서 나를 보자마자 냉큼 내쪽으로 달려오더라. 혀를 넙죽 내밀더니 날 잡아서 볼로냐의 토르텔리노*처럼 삼켜 버렸지."

"도대체 이 안에서 얼마 동안 갇혀 계셨던 거예요?"

피노키오는 물어봤습니다.

"그 날 이후로 이젠 이 년쯤 되겠구나. 피노키오야, 내겐 이 년이 이백 년 같구나!"

"어떻게 사신 거예요? 어디서 이 양초를 구하신 거예요? 초를 켜는 성냥은 누가 아빠께 준 거죠?"

"다 말해주마. 내 작은 배를 뒤집어 놓았던 그 폭풍우는 상선

* 이탈리아 도시 볼로냐의 대표적인 파스타 요리 중 하나.

도 가라앉게 했지. 모든 선원들은 살았지만 그 상선은 깊이 가라앉았어. 그리고 이 괴물은 그날 배가 무지 고팠는지 엄청나게 먹더구나. 나를 삼키고는 상선도 삼켜 버렸어."

"어떻게요? 한입에 통째로 삼켰어요?"

놀란 피노키오는 물었습니다.

"통째로 먹었어. 그리고 큰 돛대만 내뱉었지. 생선 가시처럼 이빨 사이에 끼었었어. 정말 다행이었던 것은 그 상선에 고기 통조림뿐 아니라 비스킷, 빵, 포도주, 건포도, 치즈, 커피, 설탕, 양초와 성냥갑이 실려 있었어. 이 모든 신의 은혜로 이 년 동안 살 수 있었단다. 하지만 오늘 다 바닥이 났구나. 지금 저장소엔 아무것도 없어. 네가 보는 이 양초가 내게 남은 마지막 양초야."

"그럼 앞으로는요?"

"아들아, 앞으로 우리 둘 다 캄캄한 어둠에 있을 거야."

피노키오는 말했습니다.

"그럼 아빠, 여기서 허비할 시간이 없네요. 빨리 도망가야 해요."

"도망간다고? 어떻게?"

"상어 입으로 빠져 나가야 해요. 그리고 바다로 뛰어들어 헤엄쳐 나가야 해요."

"좋은 생각이구나. 피노키오야, 하지만 난 헤엄칠 줄 몰라."

"상관 없어요! 제 등에 말 탄 것처럼 업히세요. 그리고 전 헤엄을 정말 잘 친답니다. 아빠를 무사히 해변까지 안전하게 모셔다 드릴 수 있어요."

"아들아, 굉장한 환상이구나!"

제페토 할아버지는 머리를 저으면서 슬픈 미소를 지으며 대답했습니다.

"키가 일 미터 정도밖에 안 되는 꼭두각시인 네가 나를 등에 업고 헤엄칠 수 있는 힘이 있다고 생각하는 거냐?"

"두고 보면 아실 거예요! 여하튼 우리가 죽어야 하는 운명이라면 적어도 서로 부둥켜 안고 죽을 수 있다는 것만으로도 커다란 위로가 되잖아요."

다른 말 없이 피노키오는 양초를 손에 들고 길을 밝히면서 앞서 갔습니다. 그리고 아빠한테 말했습니다.

"제 뒤로 오세요. 두려워 마세요."

둘은 그렇게 한참을 걸어서 상어의 위를 지나갔습니다. 괴물의 넓은 목구멍이 시작되는 곳에 이르러서 주변을 둘러 보려고 멈췄고 도망칠 순간을 엿보았습니다. 그 시간 너무 늙었고 천식과 심장병을 앓고 있던 상어는 입을 커다랗게 벌린 채 자고 있었습니다. 피노키오는 위를 올려다 보았고 활짝 벌려진 거대한 입 밖으로 별들이 있는 하늘 한 조각과 아주 아름답게 빛나는 달을 볼 수 있었습니다.

"지금이 도망칠 좋은 순간이에요."

피노키오는 아빠를 돌아보며 중얼거렸습니다.

"상어가 동면에 들어간 쥐처럼 자고 있네요. 바다는 잔잔하고 대낮처럼 환해요. 자, 아빠, 제 뒤로 오세요. 우리는 무사할 거예요."

이렇게 대화를 나눈 뒤 둘은 바다괴물 목구멍으로 조심히 올라갔고 그 커다란 입에 도착했습니다. 그리고 살금살금 발꿈치를 들고 혀 위를 걸어가기 시작했습니다. 혀는 정원의 오솔길처럼 아주 넓고 길었습니다. 바다에 뛰어들어 헤엄치려고 막 뛰어내리려는 순간, 상어가 재채기를 했습니다. 마치 지진이 난 것처럼 너무나 세게 재채기를 하는 바람에 피노키오와 제페토 할아버지는 뒤로 나뒹굴었고 다시 괴물의 위 속으로 처박히고 말았습니다. 그 충격에 양초는 꺼져 버렸고 아빠와 아들은 어둠 속에 남았습니다.

"이젠……?"

피노키오는 심각하게 물었습니다.

"아들아, 이젠 우린 죽는구나."

"우리가 죽긴 왜 죽어요? 아빠, 제 손을 잡으세요. 미끄러지지 않게 조심하세요!"

"어디로 가는 거냐?"

"다시 도망가야지요. 저랑 같이 가세요, 무서워 마시고."

이렇게 말하고 피노키노는 아빠의 손을 잡았습니다. 그리고 계속해서 발끝으로 살금살금 걸었고 괴물의 목구멍에 함께 올라갔습니다. 다시 혀를 쭉 지나서 세 줄로 된 이빨을 지나갔습니다. 뛰어내리기 직전, 꼭두각시 인형은 아빠에게 말했습니다.

"제 등에 말 타듯 업히세요. 그리고 절 꼭 잡으세요. 나머지는 제가 알아서 할게요."

제페토 할아버지가 아들의 등에 편안하게 잘 업히자마자 피노키오는 안심하고 물속으로 뛰어들어 헤엄치기 시작했습니다. 바다는 기름처럼 잔잔했습니다. 달은 찬란하게 빛나고 있었고 상어는 대포소리조차도 깨울 수 없을 만큼 깊은 잠에 빠져 있었습니다.

36장

마침내 피노키오는 꼭두각시 인형 생활을 끝내고
진짜 사람이 됩니다.

피노키오는 해변에 다다르려고 빠르게 헤엄치는 동안 등에 올라타 물에 반쯤 몸이 잠긴 아빠가 말라리아에 걸린 사람처럼 심하게 덜덜 떨고 있다는 것을 알았습니다. 추워서 떠는 걸까요, 아니면 두려워서 떠는 걸까요? 누가 알까요? 아마도 춥기도 하고 두려워서일 거예요. 하지만 피노키오는 아빠가 두려워서 떠는 것이라 믿고 아빠를 위로하려고 말했습니다.

"용기를 내세요, 아빠! 잠시 뒤면 육지에 도착할 거예요. 그럼 우리는 안전할 거예요."

"하지만 그 신성한 해변은 어디에 있니?"

재봉사가 바늘에 실을 꿸 때처럼 눈을 가늘게 뜨고 점점 불안해 하면서 작은 노인은 물었습니다.

"여기를 봐. 사방을 둘러봐도 하늘과 바다 외에는 아무것도 보이지가 않는구나."

"하지만 전 해변도 보여요. 아시다시피 전 고양이 같잖아요. 낮보다 밤에 눈이 더 잘 보여요."

꼭두각시 인형은 말했습니다.

불쌍한 피노키오는 기분이 좋은 척 했지만…… 사실은 용기를 잃어가고 있었습니다. 해변은 너무나 멀었습니다. 힘은 점점 떨어지고 숨이 가빠서 헐떡였습니다. 결국 더 이상 헤엄칠 수 없었고 제페토 할아버지에게 얼굴을 돌리며 더듬더듬 말했습니다.

"아빠…… 도와주세요…… 죽을 것 같아요!"

아빠와 아들이 이젠 물에 빠져 죽는구나 생각하고 있을 때, 음정이 맞지 않는 기타 같은 목소리가 들렸습니다.

"누가 죽는다는 거야?"

"나하고 불쌍한 우리 아빠!"

"이 목소리는 귀에 익은데. 너 피노키오구나!"

"맞아! 근데 넌?"

"난 참치야. 상어 몸 속에 갇혔을 때 네 친구."

"아니, 어떻게 도망쳤어?"

"네가 한 일을 그대로 했지. 너는 내게 길을 가르쳐 준 거야. 너 다음으로 나도 도망쳤어."

"내 친구 참치야, 때마침 잘 왔어! 네게 부탁하는데 네가 네 아들 참치들에게 주는 사랑으로 우리를 좀 도와줘. 아니면 우린 곧 죽어!"

"최선을 다해서 기꺼이 도와주겠어. 둘 다 내 꼬리를 잡아. 잠시만 기다리면 바닷가로 데려다 줄게."

제페토 할아버지와 피노키오는 바로 참치의 말대로 했습니다. 그러나 꼬리를 잡는 대신 참치 등 뒤에 올라타 앉는 것이 더 편하다 생각해서 참치 등에 올라탔습니다.

"우리가 너무 무겁지 않니?"

피노키오가 참치에게 물었습니다.

"무겁냐고? 그림자도 안 탄 것 같은데. 그냥 조개껍데기 두 개가 얹혀 있는 것 같아."

참치는 대답했습니다. 참치는 두 살 된 송아지처럼 커다랗고

단단한 몸집을 갖고 있었습니다. 바닷가에 도착했을 때 피노키오는 아빠가 내려오는 것을 도와주려고 먼저 땅으로 펄쩍 뛰어내렸습니다. 그리고 참치를 돌아보며 감동 받은 목소리로 말했습니다.

"친구야, 너는 우리 아빠를 살렸어! 정말 뭐라고 감사의 말을 해야 할지 모르겠어! 적어도 고마운 마음을 영원히 간직하겠다는 표시로 네게 입맞춤하고 싶어!"

참치는 물 밖으로 얼굴을 내밀었습니다. 피노키오는 땅에 무릎을 굽히고 울면서 참치의 입에 입맞춤을 하였습니다. 마음에서 우러나오는 사랑이 듬뿍 담긴 입맞춤에 익숙하지 않았던 참치는 완전히 감동받았습니다. 그리고 아이처럼 울고 있는 모습을 부끄러워하여 물 속으로 얼굴을 숨기고 사라졌습니다.

한편 날은 밝았습니다. 그러자 피노키오는 일어설 힘도 없는 제페토 할아버지에게 팔을 내밀며 말했습니다.

"아빠, 제 팔에 기대세요. 가요. 우리 개미들이 가는 것처럼 천천히, 천천히 걸어가요. 그리고 피곤하면 길가에 앉아 쉬어요."

"어디로 가야 할까?"

제페토 할아버지는 물었습니다.

"우리에게 빵 한 덩어리와 침대처럼 사용할 짚을 줄 집이나 오두막을 찾아서요."

그들은 백 걸음을 채 가기도 전에 길에 앉아 있는 추한 얼굴의 두 거지를 보았습니다. 구걸하고 있는 그들은 고양이와 여우였습니다. 하지만 예전의 그들의 모습을 찾아 볼 수가 없었습니다. 고양이는 장님인 척을 너무 열심히 해서 정말로 장님이 되었고 너무 늙어버린 여우는 여기저기 털이 몽땅 빠져 있는데다 꼬리조차 없었습니다. 정말 그랬습니다. 그 못된 두 도둑들은 아주 비참한 가난에 빠져서 파리채 만드는 행상인에게 자신의 아름다운 꼬리까지 팔아야만 했던 것입니다. 울먹이는 목소리로 여우가 소리쳤습니다.

"오, 피노키오. 이 두 불쌍한 병자들에게 자비를 베풀어줘."

"병자들에게!"

고양이는 따라 말했습니다.

"안녕, 사기꾼들아! 예전엔 속았지만 지금은 더 이상 안 속아."

꼭두각시 인형은 대답했습니다.

"믿어줘, 피노키오. 지금 우리는 너무 가난해. 정말로 불쌍한 처지라고!"

"정말이야!"

고양이는 따라 말했습니다.

"너희가 가난하다면 그건 너희에게 마땅한 일이야. 기억해 둬. 속담에 이런 말이 있어. '훔친 돈은 절대로 열매를 맺을 수 없다.' 잘 있어, 사기꾼들아!"

"우리를 불쌍히 여겨줘!"

"여겨줘!"

고양이는 따라 말했습니다.

"잘 있어, 사기꾼들아! 기억해 둬. 속담에 이런 말이 있어. '악마의 밀가루는 모두 겨가 된다.'"

"우리를 버리지 말아줘!"

"말아줘!"

고양이는 따라 말했습니다.

"안녕, 사기꾼들아! '이웃의 망토를 훔친 자는 벌거숭이로 죽는다.' 이 속담을 기억해 둬."

이렇게 말하면서 피노키오와 제페토 할아버지는 그들의 길을 조용히 걸어갔습니다. 다시 백 걸음을 걸어가자, 평야 한가운데 있는 오솔길 끝에 짚으로 만들어진 예쁜 오두막이 보였습니다. 지붕은 기와와 벽돌로 덮여 있었습니다.

"저 오두막에 분명히 누군가 살고 있을 거예요. 저기로 가서 문을 두드려 봐요."

피노키오는 말했습니다. 그들은 그 오두막으로 가서 문을 두드렸습니다.

"누구세요?"

안에서 작은 목소리가 말했습니다.

"저희는 먹을 것도 없고 집도 없는 불쌍한 아빠와 아들이에요."

꼭두각시 인형은 대답했습니다.

"열쇠를 돌려요. 그럼 문이 열릴 거요."

작은 목소리가 말했습니다. 피노키오는 열쇠를 돌리고 문을 열었습니다. 안으로 들어가서 여기저기를 둘러보았지만 아무도 보이지 않았습니다.

"그런데 오두막 주인은 어디에 있지요?"

피노키오는 놀라서 말했습니다.

"여기 위에 있어요!"

아빠와 아들은 바로 천장을 올려다보았습니다. 대들보 위에, 말하는 귀뚜라미가 보였습니다.

"오! 내 친구 귀뚜라미야."

피노키오는 예의바르게 인사를 하며 말했습니다.

"지금 날 '내 친구 귀뚜라미'라고 불렀니? 하지만 네가 내게 망치를 던져 날 너의 집에서 쫓아내려고 했던 것을 기억하니?"

"네 말이 맞아, 귀뚜라미야! 날 내쫓으렴. 그리고 또 망치를 내게 던져도 돼. 하지만 내 불쌍한 아빠에겐 동정을 베풀어 줘."

"나는 아빠뿐만 아니라 아들에게도 동정을 베풀겠어. 하지만 그 전에 네가 저지른 나쁜 행동에 대해 일깨워 주고 가르쳐 주고 싶구나. 이 세상에서 친절을 베풀 수 있을 때 베푼다면 언젠간 그와 같은 친절을 받을 수 있다는 걸 말이야."

"네 말이 맞아, 귀뚜라미야. 정말 네 말이 옳아. 네가 내게 준 교훈을 머릿속에 잘 기억해 둘게. 그런데 어떻게 이 아름다운 오두막에서 살 수 있게 된 거야?"

"이 오두막은 어제 자애로운 염소가 내게 선물해 준 거야. 그 염소는 아주 아름다운 파란 털을 가지고 있었어."

"그럼 그 염소는 어디로 갔니?"

피노키오는 아주 궁금해하며 물었습니다.

"그건 모르겠는데."

"언제 돌아오는데?"

"아주 안 돌아올 거야. 어제 몹시 슬퍼하며 떠났어. 메에 울며 이렇게 말하는 듯 했지. '불쌍한 피노키오…… 이젠 피노키오를 다신 볼 수가 없겠구나. 지금쯤 상어가 피노키오를 소화시켜버렸을 거야!'"

"정말로 그렇게 말했어? 그럼 정말 요정님이었어! 요정님! 나의 사랑스러운 요정님!"

피노키오는 폭포수처럼 눈물을 쏟으며 소리쳤습니다. 그렇게 한참을 울고 나서 눈을 닦고 짚으로 잠자리를 준비했습니다. 잠자리 위에 제페토 할아버지를 눕히고는 말하는 귀뚜라미에게 물었습니다.

"귀뚜라미야. 불쌍한 아빠께 우유 한 잔을 드릴 수 있을까?"

"여기서 세 마당 떨어진 곳에 채소를 키우는 농부 지안조가 있어. 그는 젖소를 가지고 있지. 그에게 가봐. 그러면 네가 찾는 우유를 얻을 수 있을 거야."

피노키오는 농부 지안조의 집으로 달려갔습니다. 하지만 농부는 말했습니다.

"우유가 얼마나 필요한데?"

"한 잔 가득이요."

"우유 한 잔은 한 닢이다. 일단 한 닢부터 내."

"저…… 전 동전 한 닢도 없어요."

피노키오는 부끄러워하며 슬프게 말했습니다.

"안 되겠구나. 꼭두각시 인형아. 동전 한 닢도 없으면 네게 줄 우유도 없어."

농부는 대답했습니다.

"네…… 할 수 없지요!"

피노키오는 이렇게 대답을 하고 가려 했습니다.

"잠깐만 기다려. 우리 방법을 찾아보자. 이 물레방아 바퀴를 돌릴 수 있겠니?"

"물레방아 바퀴가 뭔데요?"

"채소에 물을 주려고 저수지에서 물을 끌어 올릴 때 쓰는 나무로 만든 장치야."

"해보겠어요!"

"그럼 물 백 양동이를 끌어 올려주면 네게 보상으로 우유 한 잔을 줄게."

"좋아요."

지안조는 꼭두각시 인형을 채소 밭으로 데리고 갔습니다. 그리고 물레방아 바퀴를 돌리는 방법을 가르쳐 주었습니다. 피노키오는 곧장 일을 시작했습니다. 하지만 물 백 양동이를 끌어 올리기 전에 머리부터 발끝까지 온통 땀으로 범벅이 되었습니다.

이런 식의 힘든 일은 해 본 적이 없었으니까요.

"지금까지 물레방아 바퀴를 돌리는 수고는 내 당나귀가 했는데 오늘 그 불쌍한 짐승이 죽어가는구나."

그를 지켜보던 농부가 시무룩하게 말했습니다.

"그 당나귀를 혹시 볼 수 있을까요?"

피노키오가 말했습니다.

"그럼."

마굿간으로 안내된 피노키오는 짚 위에 당나귀 한 마리가 누워 있는 것을 보았습니다. 당나귀는 배고픔과 고된 일에 쇠약해져 있었습니다. 피노키오는 당나귀를 가만히 들여다보고 깜짝 놀라며 마음 속으로 말했습니다.

'내가 아는 당나귀야! 얼굴이 눈에 익어!'

그리고 당나귀에게로 몸을 숙여서 당나귀 말로 물었습니다.

"너 누구니?"

이 물음에 당나귀는 감긴 눈을 뜨더니 당나귀 말로 겨우 중얼거렸습니다.

"나야…… 양초…… 심지……."

그리고 다시 눈을 감고 숨을 거두었습니다.

"아아! 불쌍한 양초 심지!"

피노키오는 낮은 목소리로 말했습니다. 그리고 짚을 한 주먹 집어 줄줄 흘러내리는 눈물을 닦았습니다.

"값어치도 없는 당나귀 때문에 너무 슬퍼하는구나? 돈을 주고 산 난 뭘 하라고?"

농부는 놀리듯이 말했습니다.

"사실은 제 친구예요!"

"네 친구?"

"제 학교 친구죠!"

"어, 어떻게 학교 친구로 당나귀를 둘 수 있니? 네가 공부를 얼마나 잘했는지 짐작이 가는구나!"

지안조는 껄껄 웃으며 소리쳤습니다. 꼭두각시 인형은 이런 말들에 모욕감을 느꼈지만 대답하지 않았습니다. 하지만 따뜻한 우유 한 잔을 얻었고 곧 오두막으로 돌아갔습니다.

그날 이후로 다섯 달 넘게 계속해서 매일 아침 해뜨기 전에 일어났습니다. 그리고 물레방아 바퀴를 돌려서 아빠의 건강에 아주 좋은 우유 한 잔을 벌었습니다. 피노키오는 이것으로만 만족하지 않았습니다. 시간을 쪼개어 갈대로 광주리와 빵 바구니를 만드는 법을 배웠습니다. 그리고 바구니를 팔아 번 돈으로 생활비를 지혜롭게 썼습니다. 게다가 날씨가 좋을 때 아빠를 산책시키고 맑은 공기를 마실 수 있도록 모시고 갈 수 있는 멋진 마차까지도 직접 만들었습니다.

저녁에는 밤을 새서 글을 읽고 쓰는 연습을 했습니다. 근처 마을에서 표지와 목차가 없지만 읽는 데는 문제가 없는 큰 책을 적은 돈으로 구할 수 있었습니다. 쓰는 연습을 할 때는 펜 대신에 잔가지를 사용했습니다. 잉크도 잉크병도 없어서 체리와 검은 딸기의 즙으로 가득 채워진 병에 잔가지를 적셔서 글씨를 썼습니다.

열심히 노력하여 일하고 공부하며 생활해 나갔고 항상 아프신 아빠도 부족함 없이 돌볼 수 있었을 뿐 아니라 새 옷도 살 수 있을 정도의 돈 마흔 닢을 모을 수 있었습니다. 그래서 어느 날 아침 아빠에게 말했습니다.

"근처 시장에 가서 윗옷과 모자 그리고 신발을 살 거예요."

그리고 웃으면서 덧붙여 말했습니다.

"옷을 잘 입고 집으로 돌아오면 저를 멋진 신사로 착각하실지도 몰라요."

피노키오는 집을 나와서 너무 기쁘고 신나는 마음에 달리기 시작했습니다. 그러다 불현듯 그의 이름을 부르는 소리를 들었습니다. 뒤돌아보니 울타리 밖으로 구멍을 내며 나오는 예쁜 달팽이가 보였습니다. 달팽이가 말했습니다.

"나를 알아보겠니?"

"알 것 같기도 하고……."

"파란 머리 요정님의 집에서 하녀로 일하던 그 달팽이인데 기억 안 나니? 네게 램프를 들고 내려갔었을 때 넌 현관문에 발이 박혀서 있었는데 기억 안 나?"

피노키오는 소리쳤습니다.

"모두 기억나요. 당장 대답해주세요. 아름다운 달팽이님. 나의 선한 요정님은 어디 계신가요? 무엇을 하시나요? 나를 용서하셨나요? 항상 절 기억하시나요? 절 항상 사랑하시나요? 여기에서 멀리 계신가요? 요정님을 만나러 갈 수 있을까요?"

숨도 쉬지 않고 퍼부어대는 이 모든 물음에 달팽이는 침착하게 대답했습니다.

"피노키오야! 불쌍한 요정님은 병원에 누워 계셔!"

"병원에요?"

"안타깝게도 그래. 불행한 일들을 많이 겪으셨지. 그래서 심각하게 많이 아프시단다. 빵을 살 돈이 없으셔."

"정말로요? 오! 너무 마음이 아파요! 오! 불쌍한 요정님! 불쌍한 요정님! 불쌍한 요정님! 내게 돈 만 닢이 있다면 요정님에게 갖다 드리고 싶어요. 하지만 네겐 마흔 닢 밖에 없어요…… 여기 돈이요. 마침 새 옷을 사려고 가던 중이었어요. 달팽이님, 내 선한 요정님께 당장 가져다 주세요."

"그럼 네 새 옷은?"

"새 옷이 뭐가 중요한가요? 내가 입은 이 누더기를 팔아서라도 요정님을 돕고 싶어요! 어서 가세요, 달팽이님. 서둘러 주세요. 그리고 이틀 뒤에 여기로 돌아와주세요. 돈을 더 드릴 수 있을 거예요. 지금까지 아빠를 돌보기 위해서 일을 했는데 오늘부터 선하신 엄마를 위해서도 다섯 시간 더 일을 해야겠어요. 안녕히 가세요, 달팽이님. 이틀 뒤에 당신을 기다릴게요!"

달팽이는 평소와 달리 팔월 땡볕 아래의 도마뱀처럼 재빠르게 달려가기 시작했습니다.

피노키오가 집으로 돌아갔을 때 아빠는 물었습니다.

"새 옷은?"

"제게 잘 어울리는 옷을 찾을 수가 없었어요. 할 수 없죠! 다음에 살래요!"

그날 저녁 피노키오는 평소 일하던 열 시를 넘겨 자정의 종소리가 울릴 때까지 일을 했습니다. 그래서 평소에 만들던 갈대 바구니 여덟 개의 두 배가 되는 열여섯 개를 만들었습니다. 피곤에 지쳐 잠이 들었을 때 꿈에서 요정을 본 것 같았습니다. 요정은 정말 아름다웠고 미소를 지으면서 피노키오에게 입맞춤을 한 후에 말했습니다.

"착한 피노키오야! 네 선한 마음을 봐서 네가 지금까지 했던 모든 말썽들을 용서하마. 가난하고 병든 부모님을 정성스레 돌보는 아이들은 항상 커다란 칭찬과 사랑을 마땅히 받아야 한단다. 말을 잘 듣고 좋은 모범생이라고 할 수 없어도 말이지. 계속해서 분별력 있게 행동하렴. 그러면 행복해질 거야."

피노키오는 눈을 번쩍 뜨며 잠에서 깨어났습니다. 잠에서 깨어났을 때 더 이상 꼭두각시 나무인형이 아니고 다른 아이들처럼 소년이 되었다는 것을 알아차렸습니다! 그는 주변을 둘러 보았습니다. 평상시처럼 짚으로 만든 오두막이 아니라 가구들이 갖춰져 있는, 단순하지만 멋지게 장식된 예쁜 방이 보였습니다. 침대 아래로 뛰어 내렸는데 새 옷, 새 모자, 가죽 장화 한 켤레가 준비되어 있었습니다. 얼른 입어 보니 그림처럼 피노키오에게 잘 어울렸습니다.

그는 옷을 입자마자 자연스럽게 손을 주머니에 넣었습니다. 그리고 상아로 만든 작은 동전지갑을 꺼냈습니다. 그 동전지갑에는 이런 말이 써 있었습니다.

〈파란 머리의 요정님은 사랑하는 피노키오에게 마흔 닢을 돌려줍니다. 그리고 피노키오의 착한 마음에 진심으로 고마움을 전합니다.〉

지갑을 열어보니 동전이 아니라 금화 쉰 닢이 반짝이고 있었습니다. 모두 새 금화였습니다.

그리고 거울에 가서 자신을 비춰 보았습니다. 마치 다른 사람이 서 있는 듯 했습니다. 예전의 꼭두각시 나무 인형의 모습이 아니라 활발하고 똑똑하게 잘 생긴 소년의 모습이 보였습니다. 밤색의 머리칼에 파란색 눈, 기쁜 부활절의 천사처럼 쾌활하고 즐거운 모습이었습니다. 이런 놀라운 일들이 연속해서 일어나는 중에 피노키오는 꿈인지 생시인지 그조차도 알 수가 없었습니다.

"아빠, 어디 계세요?"

피노키오는 갑자기 소리쳤습니다. 옆 방으로 들어가니 건강하고 활기 넘치고 기분 좋은 제페토 할아버지를 볼 수 있었습니다. 예전처럼 나무를 조각하는 일을 이미 시작했고 나뭇잎들과 꽃들과 여러 동물의 머리가 새겨진 아주 예쁜 나무 액자를 만들고 있었습니다.

"아빠, 제 궁금증 좀 해결해주세요. 어떻게 갑자기 이런 변화가 일어난 거죠?"

피노키오는 제페토 할아버지의 목에 매달려 수없이 입을 맞추며 물어보았습니다.

"우리 집에서 일어난 이 갑작스런 변화는 다 네 덕이란다."

제페토 할아버지는 말했습니다.

"왜 제 덕이에요?"

"못된 아이들이 착해지면 가족 전체에 새로운 활기와 웃는 모습을 가질 수 있는 힘이 생기지."

"나무로 된 옛날의 피노키오는 어디에 두셨어요?"

"저기 있구나."

제페토 할아버지는 대답했습니다. 그리고 의자에 기대 놓여 있는 커다란 꼭두각시 인형을 가리켰습니다. 머리는 벽을 향해 있었고 팔은 축 늘어뜨려졌고 다리는 살짝 접혀진 채로 앉아 있었습니다. 그 모습을 보니 한때 똑바로 서 있었다는 것이 기적 같았습니다.

피노키오는 그 모습을 잠시 바라본 후 활짝 웃으며 속으로 말했습니다.

'내가 꼭두각시 인형이었을 때 참 웃기게 생겼었구나! 지금 착한 아이가 되어서 정말 기뻐!'

깜짝 놀랄 모험 속에서 찾아낸 커다란 재미와 교훈

〈피노키오(원제: 피노키오의 모험)〉은 제페토 할아버지에 의해 만들어진 꼭두각시 인형, 거짓말을 하면 코가 길어지는 인형이 말썽만 부리다가 여러 가지 일을 겪으며 착해져서 사람이 된 줄거리로 매우 유명한 작품이다. 그러나 널리 알려진 단편적인 이미지와는 달리, 이 긴 동화는 상상을 뛰어넘는 수많은 모험과 많은 등장인물들로 충분히 다채롭고 흥미롭다. 번역을 하는 사람으로서, 다음 장에는 무슨 내용이 펼쳐질까 궁금해 하면서 읽어보기도 참으로 오랜만이다.

동화책과 디즈니 애니메이션, 연극과 뮤지컬 등으로 널리 알려진 피노키오는 1881년에 피렌체에서 카를로 콜로디(본명은 카를로 로렌치니)에 의해서 써진 소설이다. 작가가 가난한 사정 때문에 어쩔 수 없이 쓰기 시작한 이 작품은 이탈리아 최초의 어린이 잡지인 〈소년 신문〉에 처음 여덟 개의 에피소드가 실리는 것으로 시작되었다. "꼭두각시 인형 이야기"라는 제목으로 1881년 일 년간에 걸쳐 15편이 연재되었고 마지막 에피소드인 15장에서는 꼭두각시 인형 피노키오가 나무에 매달린 채 죽는 이야기로 결말이 났다. 그러나 피노키오를 계속 보고 싶어 하는 어린 독자들의 거센 항의 때문에 담당 편집자는 콜로디를 설득하여 계속 작품을 쓰게 했다. 그 이후 이 년 동안 쓰인 작품은 우리에게 알려진 대로 파란 요정에 의해 살아난 피노키오가 꼭두각시 인형이 아닌 사람이 되었다는 36장의 내용으로 끝이 난다. 그리고 1883년, 엔리코 마잔티의 삽화가 그려진 내용으로 펠리체 파지 출판사를 통해 책으로 출간되었다.

본래 콜로디는 〈피노키오의 모험〉을 아동 도서가 아닌 성인을 위한 도서로 출간하려 했다. 현대의 평론가들은 이 작품 안에 그 시대 사회를 풍자하는 내용들이 곳곳에 보인다고 말한다. 예를 들어서 피노키오와 제페토 할아버지가 먹을 것이 없어 굶는 장면이라든가 벽에 죽을 끓이는 장면, 혹은 밤길에 강도들을 만나는 장면 등등 그 시대적인 배경과 극심한 가난이 나타나 있다는 것이다. 콜로디는 이런 무거운 주제를 다루고 독자들을 일깨우기 위해 이야기를 불행한 결말로 끝마칠 예정이었다고 한다. 그래서 초안에는 어린아이들이 읽기에 다소 잔인한 소재들이 있었으나, 아이들을 위한 동화로 나중에 다시 쓰이면서 많은 내용이 완화되었다.

1800년대의 아이들을 위한 문학은 매우 현실적이어서, 산업혁명 속 아이들의 삶을 다룬 디킨스의 동화처럼 잔인하고 슬픈 작품들이 많았다. 다른 한편으로는 독일에서의 그림 형제처럼 국민 전래 동화나 이야기를 찾아 엮은, 다소 우화적인 작품들도 있었다.

〈피노키오〉는 현실의 상황을 반영하면서도 아이들이 순수한 감정을 잃어버리지 않게 우화적이며 환상적인 요소 또한 반영하여 두 가지 이야기 패턴의 적절한 조화를 보여준다.

이 책에서는 작가가 직접적으로 언급하는 교훈들이 눈에 띈다. 작가는 피노키오처럼 말썽꾸러기인 어린이들에게, 부모님 말씀을 잘 듣고 공부도 열심히 해야 하며 부지런한 아이들이 되어야 한다고 말한다. 그래서 피노키오가 말썽을 피우고 거짓말을 하며 유혹에 넘어가 제멋대로 살아갈 때는 벌을 받지만, 자신의 잘못을 깨닫고 착하게 살아가기 시작했을 때는 더 이상 꼭두각시 인형이 아닌 사람이 되는 축복을 받는다는 내용을 들려준다.

피노키오가 순수한 마음과 본능을 따라 제멋대로 행동하는 모습은 우리의 어린 시절이 그렇듯 책임감과 의무 없이 살아가는 모습을 나타낸다. 그러나 모험과 시련을 겪으며 자신의 잘못을 깨닫고 착해지는 모습은 우리가 점점 성장해 나가면서 겪는 인생의 시행착오를 통해 얻어지는 교훈들을 통해, 점점 본능을 조절할 줄 알고 책임감과 의무를 질 수 있는 어른으로의 성장을 의미한다.

또한 피노키오의 여러 등장인물들은 다양한 인간 군상의 모습을 보여준다. 피노키오는 선과 악의 중간에서 늘 망설이고 흔들리는 유형으로, 유혹에 약한 모습이나 게으르고 버르장머리 없는 모습과 거짓말을 하는 나쁜 모습도 보이지만 나중에는 잘못을 깨닫고 제페토 할아버지와 파란 요정을 도우려는 선한 모습으로 변한다. 또한 처음에는 잔인하지만 주인공 피노키오의 불쌍한 모습을 보고 동정하며 돕는 만자후오코 같은 유형도 등장한다. 즉 악인 중에서도 완전히 악하지는 않은 사람도 존재한다는 교훈을 주고 있는 것이다. 또한 여우와 고양이, 그리고 양초 심지를 통해 나쁜 길로 인도하는 친구들의 모습을 보여주는 반면 말하는 귀뚜라미나 달팽이, 참치, 알리도로처럼 좋은 충고를 주거나 친절을 베푸려고 하는 존재 등 수많은 등장인물들이 자신만의 개성을 드러낸다. 무엇보다도 제페토 할아버지와 파란 요정의 모습은 자녀를 끝없이 사랑하는 자상한 부모님의 모습을 보여준다.

이토록 다양한 매력을 담고 있는《피노키오의 모험》은 출판되자마자 엄청난 인기를 누리며 베스트셀러가 되었고 아동 문학의 대표작으로 여러 나라로 소개되어 번역되었다. 지금은 187개 출판사에 의해 260개의 언어로 번역 출판되고 있다. 월트 디즈니는 이 이야기를 애니메이션으로 만들었는데, 평생 동안 '자신이 만든 가장 멋진 작품'이라고 자랑스러워했다. 스티븐 스필버그 감독은 이 이야기에서 영감을 얻어 2001년에 〈A.I〉라는 영화를 만들었다.

콜로디의 또 다른 작품들로는 위에 언급한 〈증기 기관차 이야기〉 〈피렌체에서 리보르노까지〉 〈지안네티노의 이탈리아 여행기〉 〈미누쫄로〉를 비롯해 찰스 페로의 동화를 번역한 〈동화 이야기〉 〈신나는 이야기〉 〈눈과 코〉 등이 있다. 콜로디가 사망하고 그 가족들에 의해 기증된 그의 책들은 피렌체 국립중앙도서관(Biblioteca Nazionale Centrale di Firenze)에 보관되어 있다.

이시연

카를로 콜로디 연보

1826년 11월 24일에 피렌체에서 태어났다. 본명은 카를로 로렌치니. 아버지 도메니코 로렌치니는 후작 가문의 요리사였고 어머니 안젤리나 오르찰리는 초등학교 선생님의 자격증이 있었음에도 불구하고 하녀로 일했다. 어머니의 고향인 콜로디에서 초등학교를 다녔고 부산스럽고 불안정하며 반항적인 성격을 가졌음에도 피렌체의 발 델사 신학교와 피아리스트 수도회 학교에서 탁월한 성적을 받았다.

1848년 주세페 마치니의 사상에 동의하여 동생 파올로와 함께 지원병으로 입대하여 이탈리아 통일 운동에 참가했다. '어두움 속에서 손으로 더듬거리며 나오려는 자에게 빛이 되겠다'고 결심하고 풍자적인 정기간행물 〈등(Il Lampione)〉를 만들었다. 그러나 얼마 지나지 않아 대공국의 복귀로 인해 폐간되고 말았다.

1850년 신문 기자로서 실제로 토스카나에서 일어나는 재미있고 신기한 일을 신문 기사로 썼다. 주로 혼잡한 일이나 주점에서나 들을 수 있는 이야기들이었지만, 여기서 그만의 예리한 언어로 글을 쓰기 시작했다. 정기적으로 신문 〈판풀라〉에 글을 기고하면서 무엇보다도 극장을 비평하는 '스카라무차(즉흥 가면극에 등장하는 불량배)'라는 글을 신문에 기재했다.

1856년 소설 《증기 기관차 이야기》 《피렌체에서 리보르노까지》를 출간했다.

1857년 두 번째 이탈리아 독립 전쟁에 참여했다. 어머니의 고향 '콜로디(그 당시엔 루카도 시에 속한 지방이었지만 1927년 이후 피스토이아 시에 속한 지방이 되었다)'의 이름을 따서 필명을 콜로디로 정했다.

1875년 《지안네티노(Giannettino)의 이탈리아 여행기》를 출간했다.

1877년 아이들에게 덕을 가르치기 위한 《미누쫄로(Minuzzolo)》를 집필했다.

1881년 소설 《눈과 코》를 발표했다. 이탈리아 최초의 어린이 잡지인 〈어린이 신문(Giornale per i bambini)〉에 〈피노키오의 모험〉을 연재하기 시작했다.

1883년 〈피노키오의 모험〉이 36장으로 완성되어 피렌체에 있는 펠리체 파지 출판사를 통해 출간되었다.

1890년 10월 26일 돌연사로 사망한다. 그의 사망 후 콜로디 마을은 '피노키오 마을'로 불리며 유명한 관광지가 되었다.

옮긴이 이시연

덕성여자대학교 경영학과를 졸업한 후 시에나 국립대학에서 이탈리아어를 공부하였고, ADFF(Accademia Di Fotografia Firenze) 상업사진과, Studio Fotografico Marangoni에서 Fine arte를 전공하였다. SAM3, Studio fotografico Angelo Rosa, 무역회사 Burani interfood 등에서 근무하면서 통 · 번역에 관심을 갖고 본격적으로 공부하기 시작하였다. 각종 문서, 사용설명서 등을 번역하면서 실력을 쌓고, 여러 세미나에서 통역사로 일한 바 있다. 현재 이탈리아 모데나에서 거주하면서 통 · 번역 프리랜서로 활동하고 있다. 번역한 책으로 《신곡-인페르노(지옥)》 《군주론》 《피노키오》 등이 있다.

그린이 엔리코 마잔티 (Enrico Mazzanti)

화가이자 기술자였던 아버지 알레한드로 마잔티의 영향을 받아 그림에 두각을 나타내기 시작했다. 1883년 발행된 피노키오의 모험의 삽화를 통해 가장 섬세하고 독창적인 피노키오 삽화가로 명성을 얻게 된다.

초판본 피노키오

1911년 오리지널 초판본 표지디자인

초판 1쇄 펴낸 날 2021년 3월 31일

지은이 카를로 콜로디
그린이 엔리코 마잔티
옮긴이 이시연
펴낸이 장영재
펴낸곳 (주)미르북컴퍼니
자회사 더스토리
전 화 02)3141-4421
팩 스 02)3141-4428
등 록 2012년 3월 16일(제313-2012-81호)
주 소 서울시 마포구 성미산로32길 12, 2층 (우 03983)
E-mail sanhonjinju@naver.com
카 페 cafe.naver.com/mirbookcompany

* (주)미르북컴퍼니는 독자 여러분의 의견에 항상 귀 기울이고 있습니다.
* 파본은 책을 구입하신 서점에서 교환해 드립니다.
* 책값은 뒤표지에 있습니다.